鬼故事の

每個午夜都住著一個

講鬼：午夜之鬼話連篇

原書名：討債—每個午夜都住著一個詭故事 II

童亮 著

寫在前面的話——

傳說人死之後化為鬼。

鬼者，歸也，其精氣歸於天，肉歸於地，血歸於水，脈歸於澤，聲歸於雷，動作歸於風，眼歸於日月，骨歸於木，筋歸於山，齒歸於石，油膏歸於露，毛髮歸於草，呼吸之氣化為亡靈而歸於冥之間（出於《道經》）。

可見，「鬼」這個字的初始意義，已經與我們現在所理解的相去甚遠了。這本書，講述的雖然是詭異故事，但實際上是想將這個字引回原有的意義上——一切有始，一切也有「歸」。好人好事，自有好報；惡人惡行，自有惡懲。

目錄
Contents

收服尪孢鬼之後，爺爺將它放入亮仔的月季中，不斷吸收著月夜的精華，與此同時，它的惡性

也在被不斷淨化。

本以為爺孫可以休息一段時間，沒想到給月季才澆了兩次水，別的地方又發生了不可思議的怪

事——

一個美豔的女人，竟是前世的鬼妓，用不可方物的相貌討還男人始亂終棄的情債。

郝建房不斷夭折的龍鳳胎，到底是因為什麼活不過春天，這其中又有著怎樣的隱情和曲折？

校園中，牆角的一棵平淡無奇的柳樹，是怎樣成為了蠱惑人心的殺手，而一塊大石下又存在著

怎樣的怨情？

為什麼老師又偏偏點了一個36號的未到者……

謎團不斷展開，真相如抽絲剝繭般顯現，想不到的是，在這些光怪陸離的表象下竟埋藏著更多

的秘密……

殺人話

1

滴答，滴答，滴答。

湖南的同學擺正了姿勢，儼然孔子說道一般：「眾口鑠金，積毀銷骨。這個大家都知道吧。今天要講的故事，與這句話有關。」

我們頓時興奮不已。

他開口了……

本以為收服了尅孢鬼，我和爺爺可以休息一段時間。沒想到我給那個月季才澆兩次水，別的地方又發生了不可思議的怪事。事情發生在一個叫洪家段的地方。

我奶奶（外婆）的娘家就在洪家段。就是在收服尅孢鬼過後三天，洪家段有個老人過六十大壽，這個血緣關係七彎八彎，居然和爺爺也算一門親戚，自然我也沾親帶故地連上了一點關係。媽媽說自己不想去，於是叫我跟奶奶一起去洪家段。等我一人跑到畫眉村，奶奶也不想去，於是推我跟爺爺一塊去。

我心想，這下糟糕了，如果媽媽跟爺爺或者我跟奶奶，去哪裡都沒有事，如果是我跟

爺爺搭檔，走到哪裡要是不碰到鬼，鬼自己都會找上門來。一到洪家段，我的預感果然就靈驗了。

十幾年前的農村，說走就是親戚，其實就是送點人情吃餐飯，熱鬧熱鬧罷了。要熱鬧當然要人多，所以那個六十歲的老人把凡是認識的、能扯上一點親戚關係的都請來了。酒席鬧哄哄的，滿座沒有一個認識的，爺爺連那個滿六十大壽的老人都不認識，更別提我認識誰了。但是一把大壽的老人做為紐帶一講，兩個素昧平生的人卻是親戚！

座上有一個叫洪大剛的粗漢子，死皮賴臉要叫爺爺做表舅，要跟爺爺比誰吃的肥肉多，誰吃的肥肉油。爺爺拗他不過，只好假裝吃了兩口便告敗。洪大剛高興得紅光滿面，喝了口白酒，又拉桌上另一位比吃肥肉。

沒想到另一位對肥肉不感興趣，但對好看的女客感興趣。他拉著洪大剛的衣袖，指著另一桌的穿著性感的女客問道：「喂，這位表兄，那個女的長得不賴啊。身材多火爆！我經常在這個村裡賣簸箕，但是沒有見過這麼漂亮的女人啊！」

洪大剛見這個「表弟」對那個女客感興趣，立即興致也轉移：「那個女的好看是好看，但是你別打歪主意嘍。」

「結婚了？新嫁過來的？」他問道。

洪大剛又喝了一口白酒，拍拍他的肩膀，嘴巴湊近他的耳朵小聲說道：「新嫁來的是小事，問題是那個女的不是人，是鬼。」

「鬼？」那人以為洪大剛喝多了，光天白日的，這麼多人，難道還有鬼不成？

洪大剛敲敲筷子，吸引身邊幾個人說道：「那真是鬼。我們都不敢明說，怕她報復。村裡派人去香煙寺請和尚捉她，和尚說做完一場法事就過來。到時候要收服這個女鬼。」

爺爺聽了挺感興趣，問洪大剛：「你們怎麼知道她是鬼呢？」

洪大剛用油膩的手敲敲桌子，神秘兮兮地說：「表舅不是附近人吧？她是我們村一個外地打工青年上半年帶回來的，剛來的時候比現在還妖氣，她婆婆不喜歡她。那個小青年跟他娘吵了架又出去打工了，把這個女子擱在家裡。她婆婆天天罵她是勾人的女鬼，她也不吭聲。果然她來後不到一個月，周圍就死了好幾個男人。都是光著身子死在床上。而且……」洪大剛在鼻子前揮揮手，似乎在驅趕聞到的臭味。

「而且怎麼了？」爺爺問道。旁邊幾個人也被他的話吸引住，等著他把話說完。

洪大剛重重地嘆口氣，表情略嫌誇張地說：「而且他們的命根子都不見了。」他怕我們不相信，立即鼓著眼睛賭咒發誓：「我騙你們不得好死。你們也可以問我們村以及周圍

住民，他們都知道的。只是你們千萬別讓那個女鬼聽到了。」

我們立即都瞟一眼那個身材誘人的女客。她正在專心吃飯，她的左右兩邊都沒有人坐，她似乎也不介意。她一手護住右手的袖口跨越幾個湯碗去拈一根芹菜，神態自若，表情自然，動作中透露出一種說不清的優雅。

酒席中人多而雜，到處都是幾個男人圍在一起敬酒，或者幾個婦女靠在一起談論孩子丈夫。我注意到她一個人獨行特立，跟周圍的人不打招呼不說話，甚至不給人笑臉。彷彿她不認識周圍的所有人，旁邊的所有人也假裝她是透明人一樣不理會，兩方都相安無事，這更使我覺得她就是游離在正常人中間的鬼魂。

但是不能忽略的是，經過她身邊的每個成年男人都趁走到她背後的短暫機會用意味不明的眼光打量她的身材，經過她身邊的每個成年婦女都故意在她看得到的角度面露鄙夷。

我問爺爺：「你說她真是鬼嗎？」

爺爺說：「我感覺到她身上發出的不同常人的氣息，你看她的額頭泛青，鬼氣很重。」

我馬上想離開這個地方，尅孢鬼盯住我的眼睛時產生的難受感覺令我記憶猶新。我試探著問：「爺爺，照你的說法，她是很不一般的鬼咯？你不是說越是漂亮的鬼越有缺點嗎？

應該沒有尅孢鬼那樣難對付吧？」

爺爺說：「傻孩子，如果一個醜陋的鬼身上有一兩處好看的地方，那可能是它的弱點所在。可是像這個鬼，它能掩蓋它所有的醜陋，就顯示它的道行比一般的鬼深多了。看東西不能用想當然來理解。」

「啊？」我驚訝道，轉而央求爺爺，「我們這次不管它厲害不厲害，我們不要插手了，好嗎？他們說了已經請了香煙寺的和尚，和尚應該比我們會方術，用不到我們出手的。」

洪大剛聽到我們說話，哈哈笑道：「表舅啊，我也聽說你會捉鬼的方術。不過這樣的女鬼還是讓和尚來捉比較好。萬一失手，怕有性命之憂啊。我意思不是說你不行，我是覺得和尚勝算大些，你沒有必要冒這個險。來來，喝酒喝酒！」

爺爺微笑著舉杯，說：「我只是好奇罷了。我雖然知道她身上有鬼氣，卻不知道她是什麼種類的鬼。話說我也捉了這麼多鬼了，如果這個不弄清楚，以後都睡不著覺了。不過我就是跟你們一起看看，捉還是由你們請的和尚來。嗯，這個白酒味道不錯啊。」

我聽了爺爺的話呼了口氣。不過，爺爺要留下來看和尚捉鬼我不反對，因為我也好奇呢。

2

爺爺又問洪大剛道：「你們都說是那個女的害死了人，有誰親眼看見嗎？」

洪大剛鼓起因為酒氣而變紅的眼睛：「當然有了，沒有我能說這話嗎？我們村的洪春耕就是被害者之一，幸虧他機靈，逃脫了危險。他是唯一的倖存者。其他死的人我們不能翹開嘴問他是誰害死的，但是活著的見證人自己會說話。不信你去問問。不過我說表舅啊，你最好不要管這事，恐怕她知道了會連你都不放過的，還是等香煙寺的和尚來收拾這個女鬼吧。你瞧那騷樣！不是女鬼也是半個狐狸精。」

那個女客正側過身來繫鞋帶，衣服的領口很低，在她彎腰的時候能夠看到微微露出的豐滿的乳房。

洪大剛咽下一口口水，說：「媽的，這打工仔還挺有豔福，可惜不知道自己的媳婦是個女鬼，還是個勾引男人的女鬼。」

從我的這個角度還能看到那個女客的半邊瓜子臉，眉毛細長，眼睛清澈，嘴唇朱紅，皮膚白皙。她那繫鞋帶的手指如蔥，嫩白細長，在鞋面上輕快跳躍，似乎那不是繫鞋帶而是在彈奏鋼琴。

旁邊幾個人也連連嘆息可憐了一副好身材和好長相。

從酒席上下來，洪大剛的話仍滔滔不絕，熱情地拉扯同座的客人到他家裡一坐。一桌坐八個人，我和爺爺還有其他五個客人見洪大剛盛情難卻，便跟著去他家喝茶談話。

他家離辦壽宴的地方不遠，半途碰到一個兩腿叉開走路的人。

洪大剛欣喜向大家介紹：「你們運氣好啊，剛好碰到洪春耕。叫他告訴你們，我說的話是不是胡編亂造。」他又高興地向洪春耕打招呼：「來來來，春耕哪，我們這裡來了幾個遠房親戚。幫我陪陪客人。」

洪春耕長了一臉的橫肉，兩個眼睛小得瞇成一條縫，手背上青筋突出。他說：「陪客人是可以，但是不能陪酒。我這下面撒尿還會疼呢！辣椒也不能吃了，真他媽受罪！」

洪大剛和幾個客人聽了他的話哈哈大笑。

洪春耕跟每一個人客氣一陣子，便一起到洪大剛家。

剛坐定，便有人打趣洪春耕：「你撒不出尿也比那些丟了性命的強啊。」

洪春耕笑道：「那是那是。好歹我還留了根在。他們那些人到了陰間還少一塊肉呢。」

眾人哄笑。

洪大剛立即揮手道：「小點聲，萬一那女鬼經過我家聽到了可就麻煩了。」

14

待眾人轉移話題時，洪大剛又主動提道：「春耕，他們不信我的話呢。你給他們講講

你遇險的情況。我這位表舅也是捉鬼的行家，對這個感興趣。」

洪春耕禮貌地學洪大剛稱爺爺「表舅」。爺爺點頭笑笑，遞了一根菸給他。

「說起這事啊，我到現在汗毛還能豎起來。」洪春耕點燃煙。而其他人立即被他的話

吸引住。洪春耕掃視了一圈，開始講述他的詭異經歷。

洪春耕是三十幾歲的單身漢，經常在外地做建築的包工頭。那女鬼的男朋友叫洪志軍，

原來也在他的手下當過一段時間的瓦工。他倆私交也還可以。志軍把這個女的帶回來的第

一天就介紹給春耕認識。那時候他就感覺這個女的很不一樣。

志軍跟他說，這個女的是他一起打工認識的，名叫傳香，姓李。

洪春耕問他傳香是哪個地方的。

志軍說不知道，他以前問過，但是傳香好像不願意提起。志軍也不強求，他說他這個

憨頭憨腦的人能遇到這麼漂亮的姑娘已經是很大的福分。志軍說這話的時候流露出無限的

得意，令春耕不停地往肚子裡吞口水。

在他們談話的過程中，傳香沒有說一句話，默默地坐在一旁喝茶，時而給志軍一個會

意的微笑。兩口子表露出很親密的樣子。

洪春耕故意問道，你這女朋友怎麼不說一句話呢？太內向了吧？

傳香聽了也只是點頭笑笑，還是不開口，一味喝她的茶。志軍卻把話題扯到其他方面去了。

更奇怪的是，洪春耕把他們小倆口送走後，回身來收拾茶杯時，發現傳香的茶杯裡水還是滿滿的，根本就沒有動過一口！用洪春耕的話說，當時就嚇得丟了茶杯，差點在褲襠裡撒一泡尿。

他不知道該不該把這件事說給志軍聽，也不知道即使說給他聽了，他會不會信。萬一人家以為他三十多歲還沒有結婚，嫉妒人家志軍討了個漂亮女朋友呢。所以，他一直忍著沒有告訴志軍。

但是，從此每個晚上他都在夢中看到那杯滿滿的茶水，看見傳香變成紅眼白髮的魔鬼。

經常半夜嚇得醒過來，出的汗把被子都打濕了。

他經常在早晨看見傳香兩三次從他門前走過，走過去後沒見她返回來卻又見到她走過去，好像有兩三個傳香按照前後順序經過他的門前。他懷疑傳香有分身術。傳香故意要露給他看，藉此威脅他不要向志軍透露發現的秘密，並且每次經過都給他一個很做作的笑容。

洪春耕在這樣惶恐的日子裡忍受著傳香的淫威。

16

後來一個晚上，他聽見志軍的娘罵傳香，說她是勾人的女鬼，要她從哪裡來的滾回到哪裡去，不要來害她的兒子。

洪大剛打斷他的講述，說：「那次晚上罵傳香，我也聽到了。不但我，村裡很多人都聽到了。」

有人問：「那可能是志軍她娘發現傳香不對勁了。老人家的眼睛看鬼比年輕人準。」

洪春耕丟掉指間的菸頭，用腳踩滅，接著講述。

既然志軍他娘發現了，我還怕什麼呢。洪春耕說道。

第二天早晨，傳香沒有像往常那樣經過他的門前。春耕猜想傳香受了老人的責罵，不敢出來威嚇他了。他便壯著膽子去找志軍，要把他知道的告訴志軍。

到了志軍家，春耕才知道，由於昨晚的爭吵，志軍連夜坐車走了。志軍的娘說她兒子賭氣出去打工了，把還未過門的兒媳扔在了家裡。

這時，傳香從屋裡出來，披頭散髮，衣服凌亂，肩膀和腰間露出白嫩的肉。春耕發覺她嘴角還有一點不容易發現的血絲，似乎吃了生肉沒有擦拭乾淨。

志軍的娘不答理她。

她見了春耕也沒有打招呼，旁若無人地翻了幾個抽屜，找到一把梳子。她拿著梳子回

屋裡時，斜起嘴角給春耕一個鄙夷的笑。春耕明白那意思——你有膽量就說出來試試。

3

「那你說了沒有？」爺爺問。

洪春耕反問道：「我敢說嗎？」

洪春耕慌忙從志軍家撤回來，後背出了一層冷汗。

他拖著疲軟的步子往回走時，傳香卻在他前面攔住去路。他心裡納悶，傳香剛才不在裡屋梳頭嗎？怎麼這麼快到他前面來了？

春耕心裡一陣害怕，轉身想避開。

傳香柔聲喊道，喂，去哪裡呢？

春耕只好回轉身來。當時周圍沒有人影，只有晨風吹動樹葉發出「沙沙」的聲音，稍遠處有一陣旋風發出嗚嗚的哽咽聲。太陽還沒有發出陽光，蛋黃一般懸在空中，像溫柔的眼睛。

春耕說，當時傳香的眼睛也像太陽一樣溫柔，她那樣看著他，讓他覺得不自在。

今天晚上記得把窗戶留著。傳香說。

啊？春耕一時沒有反應過來，傻愣愣地看著傳香，嘴巴久久合不攏。傳香雙眼蕩漾著微笑。

聽者打斷他，笑說：「你是不是聽錯了？要留也是留門啊。留窗幹什麼？留窗看月亮？

哈哈！」

春耕一瞪眼，說：「沒有聽錯。她說的每個字都像釘子一般釘在我腦海裡呢。怎麼可能聽錯？」

晚上，春耕睡覺前把窗戶的栓打開了。他說他不敢不打開。

春耕躺在床上後睡不著，兩眼望著外面的月亮，月亮像是被天狗咬了一口的月餅。白色的月光跳過窗戶落在窗邊的桌子上。正在他揣摩傳香白天說的話的意思時，外面起風了。

風穿過窗戶，吹到他臉上。一陣淡淡的魚腥味進入到屋裡。

風捲著幾粒沙子進入了他的眼睛。他抓起被角擦拭眼睛。

等他擦去沙粒，睜開眼來，傳香站在他的床前，用白天那樣微笑的眼神看著呆呆躺著的春耕。春耕雖然知道她是鬼，但是見她並無傷害他的意思，便也沒那麼緊張。傳香穿著

早上在志軍屋裡看到的衣服。豔紅的短上衣，淡紅的寬布褲，襯托出她凹凸有致的好身材。

長髮散亂而妖媚，嘴唇朱紅而飽滿。春耕的喉結不禁滾動。

你到這裡來幹什麼？春耕問道，他努力使自己鎮靜一點。

志軍把我一個人丟在家裡，那個婆婆又不喜歡我。傳香說。

春耕明白她的意思，不禁一陣衝動。

「他媽的，實在太好看了，誰在她面前都會有想法，不光我。」洪春耕對聽眾說，要

理解他的正常反應。

這樣不好，妳快點回去吧。春耕努力克制自己。

傳香坐在床沿，開始解開上衣的鈕扣。

春耕縮到床角，摟著被子說，這樣不好，志軍是我兄弟呢。讓他知道了不好。可是傳

香不聽他的話，繼續解開胸口的第二顆扣子。

傳香脫下上衣，裸露的上身在月光下熠熠生輝。她對春耕微笑道，你知道我的事，但

是你沒有跟志軍和他的娘說，不是對我有意思嗎？

她說著，伸出一隻手抓住春耕顫抖的手。

你要幹什麼？春耕慌忙掙脫她的手，渾身瑟瑟發抖。她的手像開水那樣燙，一股溫熱

從她的指間傳到春耕的掌心，傳遞到春耕的每一根神經。

傳香朝他笑笑，說，一個大男人這麼緊張幹什麼？她又抓住春耕的手，直往她高聳的乳房貼去……

洪春耕三十多年來從未碰過女人的身體，傳香的動作確實使他嚇壞了。他雖未碰過女人的身體，可是在夢裡沒少幻想過。現在突然一個漂亮誘惑的女人坐在他的床邊，手裡還握著柔軟的一團，衝動再也控制不住，他如脫韁的野馬一般衝向傳香，把她撲倒在懷裡。

「你們要理解我，我也是成熟的男人啊，三十多年沒有……」洪春耕從往事中擺脫出來，用可憐的眼神看著大家。

洪大剛在旁不斷地點頭。其他人表示理解，迫不及待想聽下文：「又不是你主動的。」

她主動勾引你嘛。然後呢？」

此時我想起陳少進和蔣詩的那個夜晚。陳少進說他聞到屋裡有奇異的香味，使他渾身燥熱。我想那香味是不是蔣詩故意發出的，如果是她故意發出的，那麼，洪春耕的遭遇跟陳少進有異曲同工之妙。

洪春耕講到他的奇異之夜，雖然心有餘悸，但是沒有掩飾吞口水的動作。那動作和洪大剛講到傳香時一樣。

然後啊，洪春耕回憶道，然後我的雙手不聽大腦的控制了，把她的衣服扒了個精光。

傳香也幫他脫去了衣服。

風從窗戶那裡吹進來，掠過洪春耕的出汗的背，使他感到後背有隻冰涼的手在撫摸。

但是此時快感已經代替了恐懼，傳香的嬌喘使他迷離如夢。這個夢，像他做了無數次的夢，但這是真實的夢。一想到這裡，他就興奮得肌肉痙攣。

月亮悄悄移動了位置。月光照到了傳香裸露的身體上，春耕看見傳香凝脂一般的臉上透出胭脂一般的紅暈……

月亮在窗外偷偷窺看屋裡發生的一切。

正當他感到自己的身體要爆炸的時候，他的下身感到一陣疼痛，似乎被什麼東西吸住，動彈不得。

他伸手去探摸。傳香一把抓住他的手。

越來越劇烈的疼痛使他感覺下身要離開自己而去，他用開傳香的手，繼續朝下摸去。

在他抓到那個東西時，他的快感立即消失的無影無蹤，隨之而來的是恐懼。

他抓到一個潮濕滑溜的條狀物，那東西似乎是活的，在他的手掌中如泥鰍一樣扭動掙脫。他嚇得立即跳開。

什麼東西？他驚問道。傳香對他露出一個邪惡的微笑。

藉著月光，他看見一個舌頭形狀的東西在傳香的兩腿之間，如軟體動物一般蠕動！

春耕摸摸自己的下身，抬起手來一看，鮮血淋淋。陣陣的疼痛使他緊緊咬住牙關。

傳香輕輕靠過去，用光滑的皮膚磨蹭春耕，嬌聲道，還沒有結束呢，你怎麼就停住了？

春耕連忙跳下床，順手舉起一把椅子朝傳香砸過去。

傳香迅速躲開椅子，飛身撲向敞開的窗戶。傳香的身體比窗櫺的空隙寬多了，但是這並不妨礙她從窗櫺間鑽出去。

瞬間，傳香像吹過的風一樣逃得無影無蹤。空房間裡只剩光著身子的春耕一個人。

春耕忙點燃蠟燭，查看他的命根子，那裡如摔倒時擦破了皮一樣。

他不知道她會不會還來，是不是就這樣放過他。

4

洪春耕講到這裡，大家欷歔不已，都嘆稀奇！

有人問：「她光著身子回去的，那麼衣服還留在你這裡咯？」

洪春耕點頭。

那人打趣道：「怎麼不丟掉？還留著做紀念吧？看來你還是對她有意思啊。」其餘人跟著訕笑。

洪春耕紅著脖子爭辯道：「丟掉？萬一她來找我討還衣服怎麼辦？我只好收拾起來，等她要的時候再給她呢。現在衣服還在我的衣櫃裡，平時動都不敢動它。」

那人繼續打趣道：「我看你是有心等豔福來臨。如果是我，我早把衣服燒了。你是不捨得哪。」

另一人搶白道：「別扯遠了。春耕，那女鬼後來又來找你沒有？」

沒有，洪春耕說。

事情發生後，鄰近幾個村陸陸續續有成年的男子死去，都是光身死在家裡，命根子不知去向。但是床單上沒有一絲血跡，屋裡也沒有蛛絲馬跡。不過被害者有同一個情況，就是被發現時房子的窗戶是開著的，並且，屋裡隱隱有一股魚腥味，彷彿哪個看不到的角落藏了一隻剖開的魚。

周圍人都開始懷疑這個志軍從外地帶來的新女朋友，但是誰也不敢找她對質，怕她報

24

復。另外，傳香的行蹤確實詭異，經常突然出現在某個地方，有時在別人的菜田裡，有時在樹林裡，有時甚至在屋頂。

有一次，她爬到人家的屋頂遠望某個地方。屋頂的青瓦被她踩破了幾塊。房屋的主人以為哪隻大鳥或者貓爬上了屋頂，跑出來正要驅趕，卻發現是傳香。

房屋四周沒有大樹或者梯子，房屋的主人不知道傳香怎樣爬上去的，想叫她下來又不敢開口。當時傳香穿著短裙，房屋的主人從下望去看見了她的白色內褲。不過這個男主人對傳香有戒備之心，因為周圍已經傳開了——傳香是專勾引男人的女鬼，哪個男人對她有非份之想，她便會趁著他忘記關窗的夜晚飛到他的床上，在興奮的時候奪去男人的命根子。

這個男主人對傳香踩壞他的房瓦忍氣吞聲，站在下面走也不是，不走也不是。

傳香對著遠方望了一陣，低頭看見站在下面的男人，給他一個曖昧的笑。男主人保持著臉部表情的僵硬。

傳香看見屋簷下面的一堆碎瓦片，似乎有些不好意思。她踮起腳跳下來，落地時輕輕一蹲，居然安然無恙。

她拍拍衣服上的灰塵，也不給男主人道歉，便兀自離開了。

那個男主人在一次牌桌上跟洪春耕以及幾個牌友說了他看到的一幕。

其中一個牌友說：「傳香是鬼嘛，鬼的身子比人的身子要輕許多，所以跳下房頂也不會有事。」

還有，傳香的行動時間也匪夷所思。她經常飯還沒有吃到一半，突然起身跑出去，一段時間後回來，頭髮和衣服都很凌亂，像跟誰打了一場架，眼睛也紅紅的。當然了，洪春耕不可能跟他一起吃飯。這個事情是志軍的娘偷偷告訴其他人的。

志軍的娘還發現很多其他的異常。有一次晚上她聽見兒媳婦的房間裡傳來不堪入耳的呻吟。她拿了個掃把氣沖沖跑到兒媳婦的房間。

她的漂亮兒媳懶洋洋地從床上坐起來，用疑惑的眼神詢問婆婆。婆婆見她的被子中間拱起一團，猜想其他男人蜷縮在裡面，火氣沖沖地抓起被子一角拉起。被子底下沒有她想像中的男人，兒媳的一雙玉腿暴露無遺。

嗯……

妳剛才在幹什麼？婆婆問道。為了破解自己的尷尬，她必須繼續發火。

傳香從胸腔發出不耐煩的聲音，拉起被子蓋住身體，繼續睡覺。婆婆臉上紅一陣白一陣，沒有臺階下。

婆婆失望地走出門，在門外停了一陣，沒有聽到裡面有異常的聲音。可是，等她的腦

26

袋剛剛回到自己枕頭上時，如水波一樣蕩漾的呻吟重新在耳畔響起。陌生男人的喘息聲如牛。那個晚上，婆婆沒有睡好覺，夢裡翻來覆去的畫面都是兒媳跟別的男人滾在一起。

第二天一大早，婆婆又聽見一起在池塘洗衣服的人講起，哪個村哪個男人昨晚突然死了。兒媳婦的房間也有悄無聲息的時候，那麼第二天就不會有新的噩耗。

「你說稀奇不稀奇？」洪春耕拍掌道。

「把志軍叫回來問清楚傳香的來源就好了。」有人說。

「志軍是跟他娘賭氣出去的，誰也不知道他去了哪裡。說不定短時間內不會回來呢。」

洪春耕說。

洪大剛說：「等他回來就捨不得殺這個女鬼了。他肯為那個女鬼跟他娘鬧翻，肯定對這個女鬼是有感情的。」洪大剛端起茶，喝得嘩啦啦響，像牛在池塘邊喝水。

「也是。這麼個漂亮的媳婦呢。」洪春耕抹抹嘴巴上的口水，嘿嘿笑道。

洪大剛指著洪春耕的嘴巴笑道：「看把你饞的！人家二十剛出頭就有這麼個漂亮媳婦，你三十多了還打光棍，羨慕得流口水了吧。」

其他人又把洪春耕打趣了一番。

這樣談論了好長一段時間，外面天色有些暗了。我和爺爺還要走十幾里路回家。那時

候從洪家段到畫眉村沒有客車，雖說那時已經有了三丈來寬的泥路，但是只能供拖稻草的板車使用。在上面騎單車都會硌屁股。

其他人也說天色晚了，紛紛告別。

在回家的路上，我問爺爺：「這個女鬼是什麼鬼？怎麼這麼厲害，害死好幾個成年男子了。我們以前碰到的那都算是小打小鬧的鬼了。」

爺爺點燃一支菸，吸得太急，嗆得連連咳嗽。

「我以前碰到過這樣的女鬼。」爺爺止住咳嗽，說道。

「啊？」我驚呆了。沒有想到把這個村子鬧得沸沸揚揚的鬼爺爺曾經碰到過。

「呵呵，在和你奶奶結婚前，這種女鬼也來找過我。」爺爺說，眼睛透出一種安祥的光輝。我知道，他連帶想起了許多年輕時候的事。許多人在年老時回憶年輕的歲月都會有這種眼神。

「你鬥過了她嗎？」那時年幼的我最關心的是好人與壞蛋爭鬥的過程中誰勝出了，那是最簡單的想法，從來不考慮複雜的人際關係和心理因素。

28

5

爺爺笑了笑，說：「那個女鬼呀……」

「我沒有跟她交手。」爺爺說。

「沒有交手？你那時候還不會方術吧？姥爹沒有教你？」我問。

「那倒不是姥爹沒有教我。」爺爺說。

「那到底是為什麼啊？你放走了她，她會害別人的。」我打破沙鍋問到底。

爺爺把才抽兩口的菸揚手丟掉，深深吸口氣，再將煙霧一起吐出來，平淡地說：「你這個小孩子理解不了大人的心思。」

其實我是瞭解爺爺的心思的，因為我在學校喜歡上了一個可愛的女孩。她在我的隔壁班。每到冬天，她的臉紅得像秋熟的蘋果，令我的季節顛倒，思維混亂。我開始在課堂上分神，總把她想像成各種電影裡的女主角，而我是打敗多個情敵最終贏得芳心的男主角。

在胡亂的想像中我是她唯一的保護者。

我想，爺爺既然做不了她的保護者，也決然不會成為她的傷害者。

「鬼中也有好鬼啊。」爺爺說，「她就是一個好鬼，所以我放了她。」

「好鬼？」我跟爺爺捉了這麼多鬼，還沒有遇見不害人的好鬼。

「我給你的那本古書上寫了：人有三魂七魄，魂靈而魄笨，魂善而魄惡。」爺爺有意岔開話題，我也理解，不再追問。

「魂和魄有不同？」我問。《百術驅》上有這個句子，我記得。

爺爺抽出一支菸放在鼻子上嗅兩下，又放回菸盒，說：「照道理，人死後三魂七魄都會離開身體，但是不會散開，聚集在一起的魂魄投入新的輪迴。可是有怨氣的人死後，如果惡念多於善念，魂想走而魄要留，三魂七魄散開來。魄留在體內形成有形體的惡鬼，比如畫皮、殭屍、簸箕鬼等；也有不居留在體內的魄，形成沒有形體的惡鬼，如尅孢鬼、迷路神等。」

「那你說的好鬼有哪些呢？」

「好鬼就是居留在體內的魂，或者單獨的魂。最好的例子是倒路鬼。」

「倒路鬼？」

「對。這個鬼《百術驅》裡是沒有記載的。《百術驅》是捉鬼的書，倒路鬼是好鬼，所以沒有捉的必要。」爺爺抬頭看看天色說，「這個好鬼以後跟你講。我們加緊趕路吧，你奶奶肯定在家等等急了。」

我加緊幾步，說：「我們不管洪家段這裡的女鬼了嗎？」

「我們暫時不要插手。等香煙寺的和尚來處理吧，和尚來的那天我也會再來看看的。

你安心在學校讀書，到時候我把情況告訴你。」

我不滿意地「嗯」了一聲。

我和爺爺走到一個岔口，左邊路通向畫眉村，右邊路通向一個叫龍灣橋的地方。

一陣鑼鼓聲傳來。誰這麼晚了還出來敲鑼？我疑惑地環顧四周，忽然看見前面走了一

大隊人馬。前頭兩人一個敲鑼一個打鼓，緊接其後的是一個八抬大轎，轎子四角掛白紙燈

籠。在後面跟著兩列人，有的騎馬，有的步行，有的舉旗，有的執刀。

爺爺連忙拉住我，沉聲喝道：「快趴下，趴到地上。它們過來了千萬別說話。大拇指

和大腳趾點地。」

聽爺爺這樣緊張，我知道事出非凡，慌忙按爺爺說的趴下。大拇指和大腳趾頂住地面，

臉貼著黃泥不敢出聲。

它們漸漸靠近趴在地上的我和爺爺。前頭兩個敲鑼打鼓的鬼眼珠全黑，沒有白色。抬

轎的八個鬼眼珠全白，沒有黑色。那些轎子，燈籠，還有騎的馬，拿的刀，都是紙片做成，

並非真材實料。

它們走到岔路中間停住了，鑼鼓聲也停住。轎子裡傳來嘶啞的聲音：「外面可有什麼異常？」

一個騎著紙馬的鬼朝四周看了看，回答：「沒有異常。」

轎子裡的聲音說：「那好，我們走快些」。癩哈子等我去下棋呢。」

癩哈子我是認識的，不光我，這裡很多人都知道。他幼年失去雙親，幾歲時長了一頭的癩子，後來莫名其妙就好了，頭皮到現在還像燈泡一樣亮。可能是這個病傷害了他的腦袋，他一直瘋瘋癲癲，連伯伯嫂嫂都不認識。人們都叫他「癩哈子」。「哈子」在這一帶是笨蛋、傻瓜的意思。

癩哈子住在龍灣橋過去兩百米的一個茅草屋裡。他什麼活都不會幹，吃喝全靠周圍人接濟。

後來我問爺爺，為什麼鬼官要跟癩哈子下棋。爺爺說，一般清醒的人見了鬼會害怕，但是傻子不會。所以鬼願意跟他在一起。

鑼鼓聲重新響起，轎子啟動。它們漸漸離我們遠去。我和爺爺爬起來。爺爺站住不動。我催道：「走呀。」

一根火柴劃燃，爺爺點上一根菸，說：「亮仔，我們還是回洪家段吧。這幾天先到那

邊把事情搞清楚再說。」

「你不是說不參與的嗎？」我嘴上這樣說，心裡其實還是很好奇。

爺爺說：「剛剛過去的鬼官叫斷倪鬼。它是專管人間鬼的鬼官，平時不輕易出現。但是它來了這裡，肯定是有比較重要的原因。我估計跟洪家段那個女鬼有關。香煙寺的和尚不一定能收服那個女鬼，不然斷倪鬼不會親自出現了。」

「有這麼嚴重嗎？這個斷倪鬼可能只是來跟癩哈子下棋的呢。我們是不是想多了？」

我這樣說有很大的原因是想安慰自己。古書上說，斷倪鬼是陰間懲戒司的官員，相當於陽間的警察局長。如果是一般的小鬼鬧事，自有懲戒司的小鬼來處理，要「警察局長」層級的鬼來親自處理的，肯定不是一般的小鬼。

我對爺爺說：「我們還是不要攙和這件事啦。我們的方術又不是特別厲害的那種，還是留給和尚和斷倪鬼他們處理吧。再說，我還要上課呢。」

爺爺呆呆地望了我一陣，遲緩地說：「好，好吧。我們先回去。」

爺爺當時答應了我不參與，可是等我在學校課堂上聽講的時候，他一個人去了洪家段。

後來稍長大的我才知道，正是原來跟他沒有交手的女鬼使他對這件事特別關心。人在歲月的流逝中成長，身高相貌隨之變化。但是鬼不會隨時間的變化而變老。

比如我們想念某位已故的親友，只會想到他臨死時的相貌，而不會想到他跟自己一樣經過歲月的變化後的模樣。雖然我們自己已經不再是原來的相貌。

「它是鬼妓，前身是青樓女子，擅勾引之術。」這是和尚來到洪家段後說的第一句話。

6

爺爺跟我說，那個和尚的頭上有頭髮短荏，眉毛掉光了，個子不高，腳板卻很大，是平常人的兩倍大小，穿一雙麻布鞋。

和尚來到洪家段的那天下著濛濛細雨，和尚打著一把黑色油紙傘，像骯髒的樹葉堆裡浸濕了雨水生出的毒蘑菇。他的麻布鞋上濺了許多稀泥，褲子上滿是鞋後跟帶起的泥點。濛濛細雨給他增添了許多神秘感。

在洪家段很多人的期待裡，這個毒蘑菇從村口的寬泥路走進來。

在和尚來洪家段的頭一天晚上，鄰村又有一個男人死了。他光著身子躺在乾淨整潔的床上，甚至被子沒有一個折痕，彷彿是死人自己死後把它抹平的。男人的媳婦剛好那晚回

了娘家，第二天一大早聽見迅速傳開的噩耗，急急忙忙回家。

家裡擠滿了人，和尚站在人群的中央，默默唸佛。

她的男人平躺在床上，身上的每一寸皮膚都印上了女人的口紅。從口紅的形狀可以看

出，那個女人的嘴唇相當豐滿。所有人第一時間自然想到了傳香。

男人的命根子不見了，下身傷口處敷著黃泥巴。黃泥巴敷得很仔細，沒有弄髒其他地

方，變成黑色的血融在泥間，兩者結合在一起成為僵硬的塊狀。

這個可憐的女人頓時暈過去。

眾人圍上來，又是掐人中，又是灌湯。和尚撥開眾人，蹲下身來，往她的太陽穴「鏹鏹」

地敲彈數下。女人醒過來，眼淚從眼角爬出來，無聲地哭泣。眾人看了心寒，一陣好勸。

「現在就去殺了她！」一個婦女咬牙道，「我們忍氣吞聲好久了，就是怕她。現在道

行高深的和尚來了，我們不怕她了。早早除了這個女鬼！」

但是也有人不相信一個和尚就能對付如此兇惡的女鬼。一個年長的婦女問和尚：「師

父啊，您有把握鬥過那個女鬼嗎？那個女鬼可厲害著呢，聽說她從四丈多高的屋頂上跳下

來，腳都不抖一下。」

和尚笑笑：「你們不要擔心，我一個人就可以解決她。你們都在家裡等好消息吧。你

們千萬不要摻和。我今天晚上就開始施法，你們不要在周圍偷看偷聽，最好在家裡待著，早早關門閉窗。無論聽到什麼都不要出來。」

爺爺著急了：「怎麼了？看都不讓看啊？」

洪大剛笑道：「我說表舅，你想偷學和尚師父的捉鬼術吧？」和尚剛到洪家段便聽說鄰村死了人的事，於是趕到這個村來看。爺爺和洪大剛也跟來。一同跟來的還有洪春耕和洪家段的幾個人。

「誰在殺魚嗎？」和尚嗅嗅鼻子，問道。

旁人解釋道：「前面幾個人死了屋裡都有這個氣味。」一股若有若無的魚腥味混雜在雨後清新的空氣中。

鬼妓的下身有舌頭形狀的肉體，專門吞噬男人的那東西。」

洪春耕馬上答道：「是呀，是呀。和尚果然厲害。那女鬼真有多餘的肉呢。」

和尚點頭道：「鬼妓的氣息就是這樣。男人那東西不見了，肯定是鬼妓施伎倆奪走的。」

洪春耕連忙一臉討好地笑著朝和尚點頭。

和尚轉過頭來問：「你怎麼知道？」

洪大剛幫他解釋：「他就是被害人中的一個。不過他幸運多了，是唯一沒有丟掉性命的。」

「這鬼妓也只害好色之徒。如果男人的意志堅定，她想害你也沒有辦法的。」和尚冷笑道。洪春耕尷尬不已。

「如果是主動去找她，那更沒話說了。」和尚眼色犀利地盯著訕笑的洪春耕。洪春耕臉色大變，慌忙尋了個理由出去。洪大剛緊隨其後。

爺爺後來對我說，那時候他看出了一些異常。事情恐怕沒有洪春耕說的那麼簡單。

不過和尚怎麼知道洪春耕的事的，卻又讓人迷惑。和尚的法力可以說不遜於道士，但是掐算方面要遜色許多。和尚頂多能依靠手裡的佛珠預測凶吉，不能推算更多。

而且，和尚多圓胖，慈眉善目，所做的事情是勸人為善；道士多清風道骨，或依仙氣或附鬼氣，所做的事情是自我修真或者斬鬼除惡。總的來說，因為打交道的對象不同，和尚身上人氣多一些，道士身上鬼氣重一些。

歪道士的破廟周圍的雜草生長比其他地方快得多。老師說，這是因為歪道士身上陰氣太重，促使了破廟周圍的雜草瘋長。學校每隔幾個月就有一次全體學生參與的勞動課，勞動課不是在教室裡上課，而是出去拔草。老師帶領自己班的學生到分配的一塊地方清理雜草垃圾，美化校園和周邊環境。

破廟挨學校很近，也在我們美化的範圍內。被分派到破廟那邊勞動的學生會有很多抱

怨。那裡的雜草長得比其他地方高，根莖比其他地方的也要粗，拔起來很費勁。

那裡的泥土也比其他地方要濕，很黏手。並且其他地方的泥土都是黃色的，破廟旁邊的泥土表面是黃色，但拔出來的底下的泥土卻是黑色的，像新鮮的牛屎。

破廟裡面的雜草不歸學校管，但是裡面的雜草卻少得可憐，雖然不曾見歪道士仔細打掃。

爺爺在洪家段看熱鬧的時候，我正在學校裡拔草。剛好我們班分配到破廟周圍拔草，我把字典裡能用的貶義詞全用在了歪道士身上。

爺爺說，和尚捉鬼妓的那天，洪家段的人們都早早關了門，他們大多數人不是待在家裡，而是聚集在剛剛辦完壽宴的那個親戚家。招待和尚吃喝也是在那裡。因為壽宴很多菜沒有用完，這樣既招待了和尚又不嫌浪費。

和尚吃完飯，向村民討要一個臉盆和一條毛巾。他在臉盆裡裝了一些水，從口袋裡掏出一包藥粉撒在水裡，攪和一陣，然後將手巾放在裡面浸濕，最後擰成半乾半濕揣在腰間。

爺爺也覺得新奇，他捉鬼從來沒有這麼多講究。

眾人疑惑地看著和尚做完這一切，卻不敢詢問，只覺得這個和尚高深莫測。

和尚掃視眾人，知道眾人的疑惑，主動解釋道：「你們看見道士捉鬼要用桃木劍黃紙

符，我也要東西，就是這個濕手巾。有什麼用處？我當然不能告訴你們。」他停頓片刻，補充說：「告訴你們也不懂。總之今夜過去，一切都好了。」

爺爺卻不這麼認為。

7

爺爺心頭疑雲重重，不放心地問道：「和尚師父，你就憑這個條毛巾能鬥過這個女鬼嗎？可不要小瞧了這個女鬼的實力呀。」

和尚斜著眼珠瞧不起似的看著滿臉溝壑的爺爺，反問：「你是誰呀？」

旁邊馬上有人幫忙解釋道：「這是馬師傅，平時也捉些鬼，不過不是專門捉鬼的。」

「哦。」和尚摸摸頭皮笑道，「原來是同行啊。幸會幸會。不過呢，說的不好聽些，捉鬼就像打仗，民間捉鬼的師傅再厲害也是打遊擊的，我們才是正規軍。」

其他人附和道：「那是那是。」生怕他一生氣轉身就走。

爺爺像吃了蒼蠅一樣難受，卻不敢再吭聲。

「那我就出發了，你們不要跟著。」和尚拍拍腰間的手巾，腳步穩健地跨出去。當一隻腳剛剛跨出門檻另一隻腳還在門內時，他卻停住了，歪著頭看看那個臉盆，說：「把臉盆裡剩餘的水倒掉，這藥雖然是殺鬼的，但是人碰了也不好。」

「唉，唉。」門內的人唯唯諾諾，只盼著他早點兒去收拾女鬼。

爺爺擠在人群裡，看著和尚頂著星光走出去。外面的世界很安靜，沒有貓頭鷹的啼叫，沒有蟋蟀的聒噪，沒有晚風的打擾。近處的樹，遠處的山，更遠處的星星，形成靜止的畫面，唯有這個和尚在一片寂靜中緩行。

那天晚上，我從學校拔草回來，累得骨頭散架。胡亂扒了兩口飯，給月季澆點水，便一頭倒在床上進入了夢鄉。

原來我有一種特殊的能力，我在做夢的時候能知道自己是不是在夢中。那時我進入夢鄉後會想，我剛剛不是才吃晚飯嗎？我不是剛剛洗腳躺在床上嗎？現在怎麼到了這裡呢？於是我咬自己的手指，看疼不疼。咬過手指還不能肯定，就閉上眼睛想像自己能不能隨手抓一個枕頭飛起來。手憑空一抓，如果真能抓到一個枕頭，心裡就有了八分的底，知道自己在做夢了，要是我把枕頭夾在兩腿間，喊一聲：「飛！」枕頭就帶我飛起來，那麼，我會很冷靜地告訴自己：我在做夢了。

於是我在夢裡拼命地喊：「爸爸，媽媽，我在做噩夢啦！」還用腳拼命地亂踢。我知道在夢裡的動作能使身體反應，雖然達不到夢裡那種效果。

媽媽跟我心靈相通，我在夢中折騰的時候，往往跑來打開電燈叫醒我的就是她。我常懷疑，是不是我體內的血跟媽媽還連在一起，就像我仍是她肚子裡的胚胎。難怪爺爺說我心理暗示很強烈，這恐怕是最重要的證明。

可是隨著我的年齡的增長，我漸漸失去了這種特殊能力。（「哎，我也有過這樣的經歷呢！」我不小心打斷了他的講述。其他幾個同學立即朝我透射殺氣騰騰的目光。我急忙噤聲，聽他繼續講述。）

我想過為什麼。

人隨著年齡的增長，煩惱也隨著增多。比如我，小學初中幾乎沒有壓力，也沒有煩惱，即使一定說有煩惱，也是「少年不識愁滋味，愛上層樓。愛上層樓，為賦新詞強說愁」。上高中後要努力學習考大學，大學又要忙找工作。煩心的事很多，漸漸把原來的一點靈性洗得乾乾淨淨。

原來還有一個讓我自己驚訝的感知能力，就是經常在現實生活中做一件事時，突然記起很久以前的一個夢裡做過同樣的事情，現在正重複著夢裡的事情。甚至，我知道接下來會

發生什麼，比如一個人還在外面，我便知道他要進來。他進來後會對我笑，會說一句什麼樣的話，我都知道。

但是這個感知能力現在也消失了。那時我能記得很多做過的夢，有時第二天晚上接著做頭一天晚上沒有做完的夢。但是現在，我在夢中醒來便忘記了剛剛做過的夢，一點記憶的影子都沒有。

有個哲人說過，人就像一顆有棱有角的石頭，在生活這條河流裡待久了，便失去原來的棱角，變得圓滑統一，成為所有河床卵石中普遍的模樣。而我，也正在這樣的變化過程中。也許正是因為這樣，我在寫這個故事時有莫名的失落和感傷。

扯遠了，話題收回來。和尚捉鬼的那晚，我迷迷糊糊地進入了夢鄉。我在混混沌沌的狀態中慢慢清醒過來。睜開眼，我仍躺在床上，床邊站著一個人。

我知道我在做夢，因為床邊站著的人我不認識。

但是我不怕。我問道：「你是誰？」

「我是尉孢鬼，你的月季。」它笑著說，對我好像沒有惡意。「謝謝你一直來關照我。要不是你定時給我澆水，我早已經枯死了。」

我看看它，並不像我先前見過的尉孢鬼。它的容貌沒有先前那麼可怕，完全是一個小

女孩的模樣。只不過頭髮有些凌亂，穿著一身綠色的連衣裙。它的臉色稍微有些蒼白。

「你原來的樣子不是這樣啊。」我懷疑道。

「我的怨氣正在你的培養下慢慢消失，容貌也跟著改變。」它說，「人也這樣啊，真正能讓人感到恐懼的不是面貌，而是心靈。」

我點頭，問道：「妳找我有什麼事嗎？」我仍然躺著跟它說話。

「我來是要告訴你，傳香不是鬼。你不要讓他們把她害死了。」尫孢鬼說。

「妳怎麼知道傳香不是鬼的？再說，她害死了那麼多的男人，洪家段的人能放過她嗎？」

「那時我還沒有跟爺爺溝通，爺爺也發現了一些異常。」

「我說的是真的。如果可以，你去幫幫她吧。」尫孢鬼說，「還有，最近你自己也有危險。你要多注意一下。」

「我？」我驚訝道，「我會有什麼危險？」

「你還記得簸箕鬼吧？你去洪家段的那幾天，它來找你了。今天晚上它又來了，不過被我趕走了。不過我幫不了你幾次，我才被你爺爺收服不久，各方面還在恢復中。你看，簸箕鬼抓傷了我的手。」它抬起手來給我看，手背上五條鮮豔的血痕。

我心驚膽顫地問道：「它不是被爺爺禁錮了嗎？它怎麼逃出來了？」

尥孢鬼說：「我也不知道。你自己多注意。」說完，它消失了。我的眼皮沉沉的又合上，後面睡得很香。

次日早上起來，我看見月季的一片葉子上有五條裂痕。

「謝謝你。」我說。

8

可是，我不可能去洪家段幫傳香。因為我還要上課，還有一個原因是，呃……我開始給我喜歡的那個女生寫信了。我迫不及待地寫完信，透過好友送給她，又迫不及待地等待她的回音。這一切都是在避開老師的眼睛的情況下進行的，現在想來仍然驚心動魄，跟爺爺捉鬼的時候都沒有這麼緊張。

初中三年級的學生即將面對中考，老師們很擔心學生太早談戀愛。我們那個班導師把我們幾個成績比較好的愛徒集合在一起訓過話，警示我們不要為了青澀的幻想影響學習。

但是那個班導師用的例子不恰當，他說：「你們以為我們學校那幾個被稱為『校花』的女

44

生真漂亮嗎？」

見我們都低著頭不敢回答，他自己斷然否決道：「不是的！她們不是真的漂亮！你們還小，沒有去外面看過。我就去外面看了。那些廣州、成都的女孩子，那才叫漂亮！臉白嫩嫩的，能捏出水來！」

我們都明白他的意思，本校的女生只是在這小塊地方算漂亮的，如果放在更大範圍，她們就不算漂亮了。我們不應該為她們動心，我們要好好學習，將來去見識那些廣州、成都的真正漂亮的姑娘們！

最後，我們幾個他的愛徒還是把心思放在「漂亮姑娘」上。

漂亮姑娘確實吸引人的注意。傳香就是因為長得太漂亮，而拒人於千里之外，才招致別人的抵觸。當然，這些都是後話了。

當時，和尚頂著星光走向志軍的家。

他敲了許久門，沒有人來給他開。志軍的娘以為兒媳婦又約了通姦的男人，不願起床開門。她對兒媳婦房間的淫聲蕩語習以為常，她從來沒有想過要這樣的兒媳婦，只等兒子志軍回來了趕這個騷娘們出門。即使兒子仍然不聽她的，她仍然堅持到底不要這個外地的女人，寧可跟兒子鬧翻臉。

傳香聽見敲門聲長久不歇，便披了塊衣服出來開門。

傳香打開門一看，一個和尚站在面前。還沒有等她反應過來，和尚便將一塊毛巾摀住傳香的口鼻。傳香立即頭暈目眩。

「你這個女鬼！看我怎麼收拾你！」和尚瞄一眼志軍的娘的房間，抱起不省人事的傳香往傳香的睡房裡走。

「這個騷貨！」志軍的娘聽到外面的聲音，狠狠罵道，一把抓住被子摀住耳朵睡覺。

她不明白一向老實聽話的兒子怎麼就喜歡上了這個風騷的女人。

和尚將傳香扔在床上，眼睛流露猥褻。和尚解開傳香的上衣，兩個豐碩的乳房跳入眼中。

傳香有氣無力地乞求道：「不要，不要。」

和尚笑道：「他們都說你害死了那些男人，今天輪到我害你了。嘻嘻。」他一面說一面解自己的僧服。一條醜陋的刀疤顯現在他的胸前。

傳香弱弱地說：「我不是女鬼，你不要害我。」

和尚一下撲到傳香的身上，雙手亂摸。他開始拉扯傳香的褲子，喘息著說：「我知道你不是女鬼，如果你是女鬼，我還敢來欺負你嗎？嘻嘻，他們都是眼饞吃不到肉，便說這

46

是碗壞了的肉。可是他們沒有料到我會來插一筷子。喂，妳這褲帶怎麼繫這麼緊呢。」

「你不要亂來，不然別怪我不客氣了。」傳香被他壓得喘不過氣來，呼哧呼哧地說。

「怎麼？難道你還真想拿走我的命根子？嘻嘻，妳說妳不是女鬼，怎麼拿走我的命根子呢？」和尚邊說邊褪下自己的褲子。

傳香的手揮向和尚的下身。

「妳嚇唬我？」和尚怒道。然而，他的臉色馬上轉變了，驚恐地看著自己黏滿鮮血的下身。

傳香嘲諷地笑著看著驚恐非常的和尚，手裡揚著一把帶血的剪刀。原來她早摸到了縫紉用的剪刀。

「你來呀，你來呀。」傳香露出鄙夷的笑，一手抓起衣衫護在胸前。

「啊——」和尚一聲長嚎，嚇得屁滾尿流，慌忙逃竄，一路跌跌撞撞。他那被泥水弄髒的麻布鞋都跑掉了，光著腳丫跑得飛快。

志軍的娘聽見外面聲音不同以往，忙起來察看，走到兒媳婦門口，卻見傳香手持一把濺血的剪刀，立刻大喊：「快來人呀！殺人啦！」

在屋裡等待消息的人們聽見志軍的娘的叫喊，連忙都趕出來，以為和尚成功將女鬼除

殺了。爺爺跟著他們急忙而欣喜的腳步跑向志軍家。

半路遇到光著身子跑丟了鞋子的和尚，他驚慌失措地撞在來人的身上，痛苦得臉變了形，哀求道：「快把我送醫院，不然我的命根子就保不住啦。」

幾個人連忙把他扶住，急急送到附近的鄉醫院。其餘人趕向志軍的娘的聲音傳來的地方。

大家闖入傳香的房間時，傳香仍然衣不遮體，一手舉著滴著鮮血的剪刀，呼吸急促，眼中的怒火熊熊燃燒。

十幾個男人先用饑渴的眼光打量傳香光潔的身體，然後才注意到那把鋒利的剪刀。

洪大剛喊道：「這個女鬼又害人啦！連和尚都不放過！大家一起上，打死這個害人的女鬼！」

他這一喊，十幾個男人立即衝上去。爺爺想阻止已經來不及。爺爺喊道：「大家不要亂來，事情還沒有弄清楚呢！」可是沒有一個人聽到爺爺的話。

幾十雙涎著慾望的大手探向傳香的身體，有的擰住她的手，有的按住她的腳，還有很多不老實的手故意碰觸到她敏感的部位。

「住手！」一聲嚴厲的吆喝。爺爺說，這個聲音當時鑽入大家的耳朵，像一隻迷失的

48

螢火蟲飛入了耳朵，耳膜震得癢疼。那是一個定力十足的喊聲。

大家頓時停下，不知道這個聲音是誰發出的。因為這些人是同村的，相互之間的聲音很清楚，而爺爺的聲音也在這幾天的交往中可以辨別。

9

大家面面相覷，以為是幻覺，但是大家都聽到了，難用幻覺來勉強解釋。

「媽的。真撞邪了不成。」洪大剛罵道，「大家不要怕，她就是女鬼，她就是邪。剛才是她來迷惑大家的。大家不要怕。」說完呸一口痰在手掌，兩手搓搓，眼睛色瞇瞇地看著傳香。其他人也躍躍欲試。

「打死這個女鬼！」一個同來的婦女怒喝道。

立即，傳香手中的剪刀被奪下，傳香像頭母獅一樣吼叫。

「住手！」喝聲又響起。

爺爺這次聽清楚了，聲音從四面八方傳來，門外、窗邊、屋頂都傳來這聲吆喝。

大家再一次驚愕，傳香乘機掙脫男人們的手，蹲下嚶嚶地哭泣。

洪大剛仍不害怕，壯著膽子喊道：「我們這麼多人，怕什麼？就是真來一個鬼，我們也能把它摁倒！」說完又要走向蜷縮一團的傳香。

「你站住！」那個聲音怒喝。

洪大剛立即停住，移動不得。他驚恐道：「糟了。我的身體怎麼不聽使喚了？我怎麼走不動了？」

洪春耕在旁笑道：「你不是逗我們玩吧。它叫你站住你就站住啊。」

「你閉嘴！」那個聲音怒喝。

洪春耕一臉不以為意，嘴巴剛開說了一些話。可是別人聽不見他說了什麼。洪春耕這才驚恐起來，用手拍拍嘴巴，兩眼瞪得比燈籠還大。

「我是香煙寺的和尚，你們不要傷害傳香。有什麼問題，明天來香煙寺找我。南無阿彌陀佛。」那個聲音柔和下來。話說完，洪大剛恢復了行動的能力，洪春耕也能說出話了。

眾人你望我，我望你，不知所措。

這時，志軍的娘態度發生了一百八十度的轉變。她趕出屋裡的其他人：「我兒媳婦不是鬼。你們快給我出去，不要讓菩薩犯怒了。快走快走，就是她真是鬼，也輪不到你們來管。

快出去，出去！」她張開雙臂，像趕走偷吃她家稻穀的雞一樣趕走屋裡的人。

大家被剛才的現象鎮住了，不敢再造次，慌忙從屋裡撤出。

「你老人家怎麼又說自己的兒媳婦不是鬼啦？」爺爺低頭問駝背的老人。

「出去，出去。」志軍的娘不聽，只是努力地把人們往外面推。

幾天後，我趁著週末跑到爺爺家，問傳香的情況。爺爺把那天晚上發生的事情詳細地告訴我。我聽得雲裡霧裡。

我問道：「傳香到底是不是鬼妓啊？怎麼一會兒他們說是，一會兒又說不是了？如果她不是鬼妓，那周圍的男人怎麼奇怪地死了？洪春耕還是見證人呢，他不是親身經歷了鬼妓害人嗎？志軍的娘不是也承認傳香是勾引男人的女鬼嗎？那個和尚又是怎麼回事？如果她是鬼妓，香煙寺的和尚為什麼救她？」

爺爺被我一連串炮彈似的問題轟得暈頭轉向。爺爺說：「你聽我把事情講完就知道了。你這麼多問題我一句話答不完。」

第二天，爺爺和幾個人去香煙寺找那個原來答應要來的和尚。洪春耕和洪大剛沒有去。

爺爺覺得平時就數他們倆最積極，今天怎麼反而不來呢？爺爺的疑惑一閃而過，並沒有多在心裡逗留。

香煙寺座落在香煙山上，離洪家段有接近十里路的距離。這座寺廟不知建於何年何月，爺爺說姥爹的姥爹那時候就有了這個寺廟。

話說這個香煙寺，卻有另一段來源不得不說。這個來源的說法也不知道從何年何月開始傳播的。說是在香煙寺還沒有建立的時候，這座香煙山上只有一棵非常粗大茂盛的樹，山上其他的地方卻連根草都長不出來。附近的農民試著在這座山上開墾，可是種棉花棉花枯死，種土豆土豆乾死。你就是一天澆無數次水，它還是像旱災的年頭一樣顆粒無收。

這本來已經很奇怪了。

更奇怪的是，這棵樹終年不斷冒煙，像著了火似的。可是每一片葉子都翠綠欲滴，根本沒有半點火星出現。

於是，周圍的居民把這棵奇怪的樹當作神樹來供奉，逢年過節上山來拜。一時間，山上的香煙不斷，名字由此而來。

這樣不知過了多少個年月，一個穿得破破爛爛的化緣和尚路過這裡，看到了這棵樹。

他摸了摸這棵樹，對祭拜它的百姓說，這是妖樹，你們不要祭拜它。

人們不相信。

和尚借了把斧頭，砍破了樹皮。樹流出的不是樹汁，而是紅色的血。人們不但不相信

52

這是妖樹，反而以為是神仙顯靈，責怪他傷害了神樹。他們將和尚捆綁在椅子上，關進一個封死了門的屋子裡。

他們殺了畜欄裡的豬牛，把豬頭牛頭擺在桌上，抬到神樹前面供奉，祈求神樹不要怪罪。忽然，樹中飛出一個長鬚黃面手執拂塵道士打扮的人。他懸浮在半空。

樹下的人急忙都跪下磕頭，祈求神靈寬恕。

那人自稱樹神，要他們把那個和尚殺了。樹神說，那個和尚才是妖孽所化，故意來破壞神樹的。

人們立刻下山，打開關押和尚的房子，要把他拉出來立即處死。可是屋裡不見了和尚的蹤影，捆在椅子上的和尚變成了一段木頭。眾人回到神樹旁，卻發現和尚正拿一把斧頭拼命地砍樹，鮮血濺得和尚滿身都是。半空上的樹神也不見了。

眾人連忙上前阻攔，和尚拼死掙扎。和尚喊道，再讓我砍兩斧頭，就可以見證我的話了。

可是眾人奪去他的斧頭，幾個人把他抱起，強行迫使他離開。和尚掙扎不過，跳起來一腳蹬向大樹。

那樹已被砍開半邊，搖搖欲墜。和尚這一腳蹬過去，樹便「吱呀」一聲倒下來。眾人

怕被大樹壓著，慌忙鬆開和尚，四散跑開。

「撲通」一聲巨響，枝繁葉茂的樹砸在地上，騰起幾丈高的黃塵。眾人被灰塵嗆得咳嗽不已，眼睛看不清周圍的東西。

灰塵好一陣才平息下來。樹裡卻滾出三個貌美如花的年輕女子，衣著單薄，氣息奄奄。

10

一起滾出來的還有一個巨大的鳥窩。眾人暫時將和尚放開，急忙搶救這幾個奄奄一息的女子。那幾個女子從容貌看來年紀在二十歲左右。

灌下幾碗熱湯後，她們才勉強能開口說話。

「咦，我們怎麼在這裡？這是哪裡？」三個姑娘都有些驚訝，看著圍著她們的人，茫然不知身在何處。

一位老農問：「那妳以為妳在哪裡？我們還想問妳呢，妳們怎麼待在神樹上？」

「神樹？」女子迷惑道，「你說我們在神樹上？」

「妳們自己不知道嗎？那真是奇怪了。」

其中一個女子說：「多年前，一個道士模樣的人半夜來到我的閨房，問我願意不願意跟他一起修仙。我當時剛好跟家裡鬧彆扭，心裡特想離開討厭的家人，於是不假思索答應了他。他帶我來到一個雕樑畫棟的所在，說這是他的仙宮，要我安心住在這裡，跟他一起修身煉丹，將來成為仙人。我打開窗戶往下看，底下煙霧縈繞，真如在雲端一般。透過薄雲，能看見房間小如化妝盒，人則小如指甲。晚上他要我跟他做那個，我心裡納悶，神仙也有凡人的色慾嗎？他說，這是為了陰陽調和，早日登仙。我看自己離人間已經遙遠，想逃走已經不可能，只好服從。過了不久，那個仙人又帶來兩個女子，都長得很漂亮。他每天白天出去，晚上回來要我們三個一起跟他做陰陽調和的事情。我們原本不願意，卻奈何不了他。趁他不在的時候，我問過這兩個女子，她們也是跟家裡鬧矛盾想離開的時候，恰好這個仙人半夜來到閨房，邀請她們一起修仙。」

「什麼仙人！他就是一個修道半途而廢的妖道士，因為貪戀美色而無法修得正果的流氓。」和尚嘲笑道，「他憑藉學來的道術騙了你們，也騙得周圍居民的崇拜。」

那個女子含羞道：「都怪我一時衝動，上了妖道的當。他正是怕正道的人來捉，白天一般不跟我們待在一起，晚上才來強迫我們跟他交合。我們三人也想趁著他不在時逃走，但

是往下一看，離地十萬八千里，跳下去恐怕會屍骨無存。我們只好忍受他的折磨。沒想到我們只是住在一個鳥窩裡。」其餘兩個女子也含羞點頭。

和尚問到她們的家鄉所在地，離香煙山有幾百里路程。和尚把化緣得來的錢送給她們做回家的盤纏。

周圍的人們怕妖道士回來報復，央求和尚留下來，並答應給和尚建造一座寺廟。和尚欣然應諾。

於是香煙寺在大樹生長的地方建造起來，和尚住下來。從此再也不見香煙升起，妖道士也不敢回來報復當地的百姓。

香煙寺雖然香火旺盛，可是和尚不多接納俗人出家，堅決只選一個弟子做傳人。偌大一個寺廟裡只有一個和尚打理。唸經、清掃、做法事都由一個人完成。

日本鬼子侵華的時候，曾有一隊日本兵闖進寺廟，見了佛像就砸，見了功德箱就搶。

已經是十幾代的和尚笑瞇瞇地將五十多個日本兵引進珈藍殿，好茶好菸招待他們。外面還有十幾個士兵守護著他們的摩托車和搶來的牲口。

外面的兵等了好久，見裡面的士兵還不出來，心裡生疑。突然，廟裡槍聲大作，「乒乒」的槍聲周圍十幾里的人都能聽到。

56

周圍的百姓只以為日本兵作孽，將香煙寺的和尚殺害了。

外面的士兵聽見槍聲，趕忙往裡面衝，前面兩個士兵才進大門，立即仆倒。緊跟其後的士兵嚇得忙撤回來，用日語大喊：「裡面怎麼都是和尚？把我們隊長殺啦！」

外面的士兵忙端起槍對著大門，不敢衝進去。他們等了半日，也不見一個和尚出來，便放火燒了香煙寺。這個寺廟多為木質結構，一下子火光熊熊，燒得半邊天都變得通紅。

銅佛像都燒得漆黑，刮都刮不乾淨。

這些士兵在燒得倒塌的寺廟的斷壁殘垣中尋找屍體。散發著糊焦味的屍體清理起來，一共五十幾具，剛好是日本兵死亡的人數。不但沒有發現先前看到的一大群和尚的屍體，就是連迎接他們的那一個和尚的屍體都沒有發現。日本兵以為見了鬼，嚇得哇哇地逃回常山。

忘了交待，那時常山頂上駐紮著一個團的日本兵，捉來許多年輕勞動力為他們挖金礦。

至今，常山頂仍有許多沒有完全坍塌的金礦洞。有人砍柴的時候曾掉進金礦洞，發現一些銅槍和鋤頭。

自此，香煙寺的名聲大噪，有人說那個和尚在大火中飛升了，也有人說和尚會遁火術，還有人說和尚會穿牆術，在大火沒有燒起來之前穿牆跑了。只是沒有人能解安全逃出了，

釋一個和尚怎麼可以殺死五十多個拿槍的兵，也沒有人能解釋日本兵看見廟裡一大堆和尚是怎麼回事。

日本兵戰敗撤走後，那個和尚卻又回來了，為修復香煙寺化緣募捐。因為那件事情，很多人懷著敬畏的心捐了許多錢，香煙寺恢復成原來的樣子。

爺爺他們要見的和尚就是他。

見到和尚的時候，大家都嚇了一跳。坐在草簿①上的和尚是一個九十多將近百歲的老人，眉梢末端長了三寸長，滿臉的皺紋差點將眼睛嘴巴淹沒，手指卻如二十多歲的人那樣健康靈活。

他坐在珈藍殿的大佛前，閉著眼睛耷拉著腦袋，如果不是他的手一直在拈動佛珠，你絕對會以為這是一個坐化了的屍體。

「你們來啦。」和尚蠕動嘴唇說。他的嘴唇已經沒有了紅色，和皺紋的醬色沒有區別，彷彿那兩瓣嘴唇就是皺紋的一部分。

「唉。」爺爺點頭回答。

「師傅，你也不抬眼皮看看我們，知道我們是誰嗎？」同來的人問道。

「我們昨晚不是見過面了嗎？」和尚說。

11

爺爺當時覺得和尚很可憐，因為寺廟裡沒有人可以服侍他。在現在這個社會裡，沒有誰家願意讓自家的孩子跟著他當和尚。恐怕和尚的絕技就要失傳了。

爺爺跟我講和尚可憐的時候，我頓時想到歪道士。是不是歪道士也會覺得自己的技藝像夕陽。「捉鬼有什麼用？不能當飯吃，不能當錢使。認真讀你的書吧。好好考個大學，為家裡爭光。」媽媽就經常這樣教訓我。

「你說傳香不是女鬼？」同來的人問道。

「嗯。」和尚回答。

「那我們那裡怎麼死了那麼多男人？並且死得奇怪？」

「我沒有說你們那裡沒有鬼。只是鬼不是傳香。」他指著香案上的一個銅鼎，說，「幫我把那個鼎拿過來。」

1. 草簿：草墊。

銅鼎有巴掌那麼大，高一尺，三足鼎立。銅鼎上刻有花紋，或雲或樹或鶴或蛇。鼎內裝有沙子，數十根燒盡的香插在其中。

爺爺走向香案，取下銅鼎，交給和尚。和尚將裡面的沙子倒在身旁，又吩咐道：「佛像後面有一個酒罈，幫我搬過來。」

幾個人走到佛像後面，才發現這個佛像是兩面的，正反兩面有兩副完全不同的面孔。

正面是慈眉善目態度安祥的佛，後面卻是面目猙獰怒目張嘴的如同惡魔的像。

一人問道：「佛堂裡怎麼會有這樣嚇人的魔鬼像呢？」

和尚說：「那也是佛。」

那人疑問：「佛怎麼是這副兇惡的模樣？彌勒佛、觀音、佛祖不都是和藹可親的模樣嗎？這個佛怎麼讓人覺得可怕呢？」

和尚說：「佛是有兩面的，對可引導為善的人當然是慈眉善目、和藹可親，讓人覺得安祥舒坦；但是對那些作惡多端不知悔改的惡人厲鬼，自然要有嚴厲強悍、鐵面無私的另一面。能引人為善，又能懲戒兇惡，才稱之為佛。」

大家似有所悟。

佛像下面果然有一個酒罈。大家合力將它搬出來，放在和尚面前。酒罈的壇口很寬，

60

和尚伸出與他年紀極不相稱的手，掬起一捧酒。

酒在他的手掌中雖然稍有滴落，但是流失很慢。眾暗稱奇，換作是他們中任何一個人，會如竹籃打水一般撈不起幾滴酒水。

和尚將手移到銅鼎上方，緩緩撒開。酒水像沙子一樣以極細的顆粒狀落在銅鼎裡，顆顆透明，散發酒香。落在銅鼎底部的酒水也如沙子一樣堆成錐形，慢慢向四周滑開。和尚抓住銅鼎的兩個短足，輕輕一搖，酒水攤開來，又成為水一樣的液體，波光粼粼。

「這是光陰盆，可以看到過去發生的事情。」和尚說。大家擁上去，探頭看銅鼎中的酒水。

「你們用心看。」和尚說。

後來爺爺跟我講當時的感受。銅鼎裡水準如鏡，倒映著他們幾個擠在一起的腦袋。除此之外什麼也沒有。

「用心看。」和尚低沉地說。他的話似乎有催眠的功效，他們都按照他的指示用心看著平靜的水面，酒香漸漸進入鼻子，有些醺醉的感覺。

「用心看。」和尚用更加低沉的聲音說。他抓起一撮剛才倒在旁邊的沙子，撒入水中。

水面起了許多細小的波紋。

水波漸漸淡去，水面恢復平靜的同時，銅鼎裡的水面發生了變化，他們的腦袋不見了，換而出現的是一間房子，大家都認出那是志軍的家。志軍的娘提著菜籃走出來，大概是要去菜田摘菜。志軍的娘剛走，兩個人鼠頭鼠腦地出現，一個是洪大剛，一個是洪春耕。

他們兩人輕輕推開虛掩的門，走進傳香的房間。透過敞開的窗戶，可以看見傳香坐在床邊做針線活，頭髮懶懶地披下來，透出一絲嫵媚。

洪大剛和洪春耕推了推門，沒有開。洪大剛躲在牆角，洪春耕站在門口。洪大剛給洪春耕遞個眼色，示意他敲門。

洪春耕敲了敲門。

銅鼎旁邊的人都聽見了敲門聲，彷彿他們都站在門口，而洪大剛和洪春耕看不見他們。

傳香起身來開門。

門剛打開，洪春耕便一把抱住傳香往屋裡跑，洪大剛隨即跟上，返身關上門。

洪春耕一手捂住傳香的嘴巴，不讓她叫喊，一隻手伸到衣底。洪大剛則按住傳香掙扎的兩隻手。

「不要吵，」洪春耕威脅道，「現在外面的人都認為妳是女鬼呢，妳依了我，我可以證明妳不是女鬼。妳若不依我，我就讓謠言變成真的。」

洪大剛笑道：「還有我呢。那些出事的男人都是命根子不見了。如果我們和妳做了，但是我們還好好的，不剛好給妳避開謠言嗎？」

「妳渾蛋！」傳香在洪春耕的手掌下悶聲罵道，額頭滲出汗珠。

「你手腳快點兒！別讓那老婆子回來發現了。」洪大剛催促道。洪春耕奸笑著扯開傳香的上衣，塑膠扣子崩斷了線，落在地上滾到床底。

洪春耕俯下身來要親傳香的臉，傳香不停地搖晃腦袋，避開他的厚嘴黃牙。

「不讓老子親？老子就想不通了，我三十多歲還沒碰過女人，志軍那個呆頭呆腦的小子居然這麼快就找了個這麼漂亮的媳婦。」洪春耕一面說一面扒傳香的褲子。

傳香突然不掙扎了，對洪春耕露出一個嫵媚的笑。

洪春耕和洪大剛被傳香的笑弄得迷糊了。

「妳笑什麼？」洪春耕問道，把捂在傳香嘴巴上的手稍稍放開，但是他時刻提防著，隨時馬上捂住她呼救的聲音。

傳香笑說：「你急什麼呢？要做可以呀，志軍把我一個人丟在家裡，我早就不滿意了。讓我自己來脫褲子，好嗎？」

洪大剛警覺地說：「別相信這個娘們，別上了她的當。」就在洪大剛分心的時候，傳

香抓起剛做針線活用的剪刀，刺向壓在她身上的洪春耕。

那個動作和那個晚上刺傷假扮的和尚類似。

洪春耕偏頭躲開，剪刀扎在他的褲襠。洪春耕大叫。洪大剛怕外面經過的人聽見，慌忙放開傳香捂住同夥的嘴。

「不要叫不要叫！被鄰居聽到就不好了。」洪大剛低聲音警告，拉住洪春耕往外拖。

洪春耕在門口轉過頭來，狠狠賭咒發誓：「老子不害死妳不姓洪！」

傳香渾身戰慄地坐在床上，眼角流出委屈的淚水。

12

一隻年輕的手伸到眾人眼前，撒出一把細沙，畫面上激起重重疊疊的微波。微波將眼前的景象打亂。

水面平靜下來，眾人又只看見擠在一起的腦袋。

「這個洪大剛也太心黑了。平日裡跟志軍稱兄道弟的，志軍一不在，他卻這樣欺負傳

香。」一人憤然說道，「他的下身原來是剪刀劃傷的，他卻說傳香主動勾引他用鬼術傷了他。

還散佈謠言，說傳香就是害人的鬼妓，真是用心狠毒。」

「訛口如波，俗腸如錮。觸目迷津，彌天毒霧。不有明眼，孰為先路？太陽當空，妖

魍匿步。」和尚口唸偈語②。

我在學校也見識了以訛傳訛的厲害，那比鬼害人還要厲害。我們

初中有個教物理的老師越級給上頭寫了個反映信，披露學校的某個負責人的敏感問題。沒

想到他的來頭很硬，知道了這件事。他不直接批評這個物理老師，反而散佈謠言，說這個

物理老師發了瘋，向上級申明現在軍隊用的迫擊炮是他發明的。

這本來是個很白癡很無聊的污蔑，甚至有些荒謬。可是越是荒誕的似乎越多的長舌男、

長舌婦願意相信。

那個物理老師每次出門，都有人半開玩笑半認真地問他：「迫擊炮不是你發明的嗎？

你怎麼不當軍事專家還在這裡教初中啊？」

開始他還跟人家爭辯，說：「我沒有啊。我寫的是反映信，不是申請發明。」可是人

家早把迫擊炮這個想法像一顆種子一樣種植在心裡了，無論他怎麼辯解都無濟於事。

2.偈語，就是預言的話。如：偈頌（偈文，偈句，偈言，偈語，偈誦。均為梵語「偈佗」）。即佛經中的唱頌詞）。
著名偈語有唐代高僧慧能大師《無相偈》：「菩提本無樹，明鏡亦非台。本來無一物，何處惹塵埃」等等。

這個老師走在外面，總有人遠遠地指著他說：「你看，就是那個老師說自己發明了迫擊炮，呵呵。你說他是不是神經有問題啊？」然後幾個人一起偷笑。

這個物理老師終於忍受不了，精神崩潰，見人就主動說：「你知道嗎？迫擊炮是我發明的。真是我發明的。」

那個老師一直到現在在我去母校看望老師的時候，仍可以碰到他。他拉住我，說：「我認識你，你是我的學生吧。可是，你知道，迫擊炮是我發明的。嘿嘿。」他得意地對我笑笑，獨自沉浸在不可言狀的喜悅中，似乎為自己發明了迫擊炮而沾沾自喜。

學校怕他影響學生，取消了他的教師資格，出於同情之心，每月還發給他一點補貼。

讀者，你說，人們的傳言是不是很可怕？

傳香就活在這樣遍佈謠言的環境中。

爺爺問和尚道：「那志軍的娘為什麼也說她是女鬼呢？並且，我發現傳香身上確實散發著一些鬼氣。」

其他人也把詢問的眼光投向皺紋疊起的和尚。

「志軍的娘不喜歡外地的姑娘，是嗎？」和尚問道。

周圍人都立即點頭。其中一人說：「這個老婆婆很頑固，說外地姑娘信不過，說跑就

跑了，一定要志軍找本地的媳婦。」十幾年前，許多年輕人義無反顧地跑到廣州沿海成為

打工仔。許多年輕人回來的時候帶上外地的女朋友，可是結婚不久，外地來的媳婦就突然

跑了，杳無音訊，留下一個嗷嗷待乳的孩子。這樣的事情並不鮮見。

和尚說：「志軍的娘說她是女鬼，就是為了要逼她走。所謂牆倒眾人推，其他的人想

都不想，便一口咬定她是女鬼。」和尚嘆口氣，「矮子何曾看戲？都是隨人說長短罷了。」

「那個捉鬼的和尚是怎麼回事？」有人問道。

和尚說：「那是洪大剛他們合夥騙大家的，說和尚我過兩天要去洪家段，然後找了個

同流合污的流氓假扮和尚，故意要你們不出來，趁機想玷污傳香。他們頭次強姦未遂，一

直耿耿於懷呢。」

「她身上有鬼氣，這是真的。你們大家都說她是女鬼，那真正的女鬼何不乘機把你們

的注意力集中在她身上呢？」和尚說。他不把銅鼎中的酒水倒出來，便將旁邊的沙土捧回

銅鼎中。爺爺接過他手中的銅鼎，放回原來的位置。

「你是說鬼妓還是存在的？」一人問道。

「當然在了。你們一直把傳香當作女鬼，讓真正的鬼妓趁機傷害了更多的人。」和尚

說。

爺爺立即想到他和我在岔路看見的情景。

「假和尚說是鬼妓害的人沒有錯？」有人問。

和尚笑道：「人家要騙你會先給一點正確資訊，好讓你相信其他錯誤的資訊。」

眾人默然。

和尚說：「這個鬼妓確實是青樓女子所化。也確實是下身有舌頭形狀的孽障。知道這些並不奇怪，因為三十多年前，這一帶曾經發生過類似的事情。」

「曾經發生過類似的事情？也是鬼妓嗎？」一人問道。

爺爺若有所思。

和尚點頭：「事情發生的時候你們要麼還沒有出生，要麼太小，現在不記得了。但是，這位大伯應該知道吧。」和尚指的是爺爺，這裡只有他稱得上其餘人的大伯。

爺爺勉強擠出一個笑容，答道：「唉。」

「我跟你父親有過一面之緣的。」和尚蠕動嘴唇，說道，「你父親是個很厲害的人。」

但是他只是把方術當作閒餘消遣的東西。」

「你認識我父親？」爺爺驚訝道。

和尚像沒有聽見爺爺的話，繼續有些感傷地說：「你父親聰明，這些方術就要絕傳了。」

看看我，當年苦求技藝，還不是要帶著這些到黃土裡去？」

「別這麼說，師父。」爺爺安慰他。

「現在我要求他的兒子幫我捉鬼了。」和尚說。此時一隻蒼蠅飛進來，棲息在和尚的鼻樑上，而和尚毫無知覺。

那一瞬間，爺爺說他聞到了死亡的氣息。他彷彿看見一條黑帶一樣的遊絲，悄悄來到和尚的身邊，從和尚的鼻孔裡進入，消失在和尚體內。爺爺說，很奇怪，從那時候起，他能看到死亡的來臨，而站在旁邊的人們不會有這樣的感覺。唯一跟爺爺心靈相通的可能是那隻蒼蠅，它首先聞到了腐爛的氣息，提前來到和尚的鼻樑上。

13

「我就要死了。死亡已經找上門來了。」和尚伸手捏捏鼻子，蒼蠅嗡嗡地飛開，「捉鬼妓的事情就要拜託你了。」和尚的話說完，蒼蠅繞了一大圈，又落在他的鼻子上。

「可是，我怕我沒有這個能力，我沒有跟我父親學過捉鬼妓的方術。我在三十幾年前

遭遇過另一個鬼妓，我知道她的厲害。」爺爺遲疑地回道。

「呵呵，三十幾年前的事情你也是見證人之一吧。我和你父親就是為這鬼妓的事那時見過一面，最後我和你父親都遵照了你的意願放過了她，她也果然像你所說，沒有再出現過。」和尚言辭開始有些吃力，「但是，這個鬼妓不同以前那個，她的怨氣太重。你只能收服她。就如那個兩面佛，好的鬼我們可以引導向善，惡性不改的我們不能心軟。」

爺爺輕聲說：「可是我父親沒有把他的所學全部交給我，我沒有辦法對付鬼妓。」

和尚想了想，說：「你父親不是有一本古書嗎？他沒有傳給你嗎？」

爺爺說：「傳是傳了，但是只給我古書的前半部分，後半部分藏在哪裡我不知道。只留下了七個字，猜出謎底才能找到後半部分。我到現在還沒有猜出來。」

和尚問道：「哪七個字？」

爺爺說：「那七個字是『移椅倚桐同賞月』。」

和尚笑道：「這是包公巧破對聯案裡的上聯。花鼓戲裡有這樣的戲段子，你沒有聽過嗎？」

「包公巧破對聯案？」爺爺雖然也經常聽花鼓戲，但是顯然沒有聽過這一段。

後來爺爺跟我說到「包公巧破對聯案」時，我也是一臉茫然。我幾乎不聽戲曲，覺得

那是老人閒得無聊才聽的東西，咿咿呀呀的煩人。因此我無從知道「移椅倚桐同賞月」的典故。於是，我問爺爺這個包公巧破對聯案的具體內容。相信讀者也跟我一樣好奇吧。

當時和尚已經接近圓寂，沒有這麼多時間跟爺爺講包公巧破對聯案的故事，這些都是爺爺在和尚圓寂後費盡心血問了很多戲迷才得知的。這為我們尋找《百術驅》的後半部提供了很好的思路。

話說包公任監察御史時，發生過這樣一個奇案。

一對均已年過五十的徐姓夫妻，為十八歲的兒子娶親。在新婚之夜新郎入洞房之前，才華橫溢的新娘為了考考自己的秀才夫君，就出了一個對聯的上聯：「點燈登閣各攻書」。

這是連環對的形式，不但「燈」同「登」，「閣」同「各」，是同音字，前字分別是後字加偏旁（或筆劃）而成，而且「點燈」二字還是雙聲（兩個字的聲母相同），若對出下句，是要頗費腦筋的。

新娘出了對句後，隔著房門對新郎說：「你若對不出下句，今晚就不准進入洞房。」

新郎苦苦思索了很久，也沒有對出下句，遂賭氣離家去了學堂。

第二天早上起床後，新娘見坐在桌前的新郎緊鎖眉頭，便問其故。

新郎說：「我直到現在還在為對不出妳的對句而發愁呢！」

新娘卻笑著說：「昨晚夜深人靜之時，明月當空，你獨自一人在院內的梧桐樹下，不是已經對上了對句嗎？要不，我能讓你入洞房嗎？」

新郎一聽此話，吃驚地說：「我因對不上對句，一夜都在學堂裡，是天亮後才回來的呀！」

新娘聽後，意識到自己引狼入室，讓壞人鑽了空子。過了一會兒，已失去貞操的新娘見新郎離開新房去見父母久久不歸，就悔恨交加地懸樑自盡了。

因為出了人命案，縣衙不問青紅皂白就把新郎抓捕。被刑訊逼供的新郎屈打成招後，被判為秋後問斬。聽到兒子將要問斬的消息後，徐母也絕望地投河自盡了。

包公「訪」到此事後，深感案情蹊蹺，便決定以對句做為「突破口」，把此案弄個真相大白。於是，當晚他就借住到徐家。到了夜深人靜皓月當空之時，包公來到院中的梧桐樹前，面對著梧桐樹，左思右想，卻一時無有良策。

在這樣的情況下，包公就把思索案情的事放到一旁，叫隨從搬來一把椅子，靠在梧桐樹下，與隨從閒聊起來。聊著聊著，包公突然茅塞頓開，破案的關鍵之舉，竟在無意之中得到。

第二天早晨，包公離開徐家來到縣衙，馬上令人上街貼出告示，內容大意是開封府要

在本地招取一名有才學的書生，到開封府任職，歡迎有志者到府衙應試。十幾個應試者來到縣衙，包公出的考題是「點燈登閣各攻書」的對句。應試者對出下句交上答卷後，包公選中了「移椅倚桐同賞月」的考生。

該考生見自己被選中，就十分高興地問包公：「包大人，不知您何時帶晚生回開封府？」只見包公冷笑一聲，把驚堂木一拍，就下令衙役把該考生捆綁了起來。接著包公讓人把那個秋後問斬的新郎帶來，當新郎在暗中確認該考生就是自己的同窗好友時，包公認定該考生就是夜進洞房糟蹋新娘的罪犯了。

包公之所以認定答出「移椅倚桐同賞月」的考生是「犯罪嫌疑人」，是因為他在徐家院內的梧桐樹下坐在椅子上同隨從閒聊時，突然想出了「移椅倚桐同賞月」的對句，因為此句亦是連環句，「移」和「倚」、「桐」和「同」是同音字，前字分別是後字加偏旁（或筆劃）而成，「移椅」也是雙聲，同時又想到了新娘臨死前對新郎說的「你獨自一人在院內的梧桐樹下，不是已經對上了嗎」這句話，所以才把答出了「移椅倚桐同賞月」的考生給「扣」了起來。

原來，那天晚上，新郎到了學堂後，正在學堂夜讀的那個同窗好友一見新郎在新婚之

隨後包公一審該考生，該考生就從實招供了。

夜不入洞房卻來到了學堂，便問其故。新郎如實把對句之事告訴了這個考生，這個考生立刻就打起了壞主意。當夜深人靜之時，他藉回家為由潛進了徐家。這個考生在徐家院內的梧桐樹下想出對句後，便裝作新郎的口氣向洞房內的新娘答對。已熄燈而未入睡的新娘一聽所答之對「移椅倚桐同賞月」天衣無縫，根本沒去想還能有除夫君之外的第二個人知道自己和夫君對之事，於是就開門放人並讓其上床了。這個考生將新娘糟蹋後，在天亮前乘新娘睡熟之時便溜之大吉。

14

爺爺說，當時和尚沒有跟他講這麼詳細。

和尚說：「答出了這個下聯的可以進洞房。」

「進洞房？」爺爺是離開香煙寺後才瞭解包公巧破對聯案的，所以當時覺得驚訝是很自然的反應。

和尚說：「我只能點撥一下，你父親留下這七個字必定有他自己的道理。《百術驅》

上有關於鬼妓的描述。我有緣見過那本書，也跟你父親交流過一些方術。」

「嗨……」和尚長長嘆出一口氣，不說話了，腦袋垂下來。

爺爺再叫他時，他已經不能回答。旁邊一人推推和尚，他已如石像一般巍然不動，也如石像一樣冰冷。那人倒抽一口冷氣，將手指伸到和尚的鼻子下……

「沒有氣息了。怎麼說死就死了？」那人說。

爺爺悲傷道：「和尚師父，你不能就這麼死啊。我們還沒有找到古書的後半部分，雖然我答應你去捉鬼妓，但是沒有後半部分，我沒有必勝的把握啊。萬一我們找不到呢，你能放心歸去嗎？你要死也要等到我們找到那本書啊。」

和尚一臉冰冷的表情，蒼蠅在他的鼻子上爬上爬下。

爺爺對著已經沒有生命跡象的和尚訴說：「要是到時候我找不到書，而你已經安心歸去，我去找誰尋求幫助呢？你一生幫了無數人，可謂功德圓滿。但是臨死前卻將一個毫無把握的事情交給我，你就這樣走了，黃泉路上也不能安心啊。」

「他已經死了。」旁邊的人安慰爺爺道。

「你說這些有什麼用呢。」

突然，和尚鼻子上的蒼蠅被驚飛，振翅飛到放著銅鼎的香案上。

「好吧。我等你找到古書。」和尚將垂下的頭慢慢仰起來，彷彿剛剛只是打了一個盹。

眾人嚇得連連後退，驚問：「你現在是人還是鬼？」

和尚微弱地說：「你來摸摸我的呼吸就知道了。」

一人畏手畏腳地挪步到和尚跟前，哆哆嗦嗦地伸出一根手指在和尚的鼻孔前。那人似乎不相信手指的觸覺，側著腦袋想了一會兒，緩緩說：「果然有呼吸了。」其他人懸著的心這才放了下來。

「你怎麼又活過來了？」一人顫著聲音問道。

「哦。冥冥中我聽到他的話，覺得有道理。我一生追求方術，超渡誦經，救人驅鬼，可謂無不盡心盡力，力求功德圓滿。可是臨死卻讓最後一件事掛在心上，確實不好。送佛送到西嘛，我還沒有看見佛到西，怎麼可以離開呢。」和尚說話已經相當吃力，音調忽高忽低。

爺爺那番話本來只是隨感而發，不料真將和尚呼喚回來了，心底真正佩服和尚的方術之力。

道行高深的僧和道，一般都能預知自己的壽命和福禍。但是他們使用方術有很大的區別，特別是使用在自己身上的時候。和尚講究五大皆空，一般不用學到的方術延長壽命，追求的是死後的功德圓滿。而道士講究修身，目的性強，努力使用生平所學抵抗自然的衰

76

老，盡力延長壽命。和尚和歪道士剛好是各自的明證。這也是他們一個陽氣重，一個鬼氣重的原因。但是在有些特殊情況下，他們可能違背自己的初衷。

爺爺說，和尚回來還有另一個原因。香煙寺幾百年來都是單傳，在師父死後，徒弟要安排師父的後事。師父死後是不可以埋進泥土的，而是在屍體上刷一層金粉，按照師父死前打坐的姿勢放好，擺放在功德堂。金粉只是佛法的稱謂，實際上用的都是黃銅粉。

香煙寺的功德堂從來不讓外人進去，但燒香拜佛時偷偷窺看的人不在少數。據說，裡面的屍體已經有了十來具，因為每年活著的和尚都要給死去的和尚刷一遍金粉，所以個個金光閃閃，不遜色於大殿的石佛菩薩。那些屍體都保持完好，沒有腐爛的跡象。有的和尚保持著微笑，有的愁眉苦臉，有的面目安詳，現在看來還和平常人的感情表露差不多。彷佛厚厚的金粉裡不是屍體，而是活人！

可是到了這個和尚一輩，竟然沒有一個單傳弟子。試問現在這個社會，誰願意將兒子交給一個沒有定產的和尚學習方術？即使有人想學，也不敢來真的，僅僅停留在想想而已。

和尚沒有徒弟給他安排後事，自然不安心離去。

和尚說：「我頂多再等你七天，七天之內你一定要找到古書，好讓我安心閉目。我死後，你要幫我刷上金粉，擺放在功德堂。功德堂本來不允許外人進入的，但是誰料到我下

面再無傳人？當年數百人爭相當我師父的徒弟，我師父選擇了我。現在我想選一個徒弟都不能⋯⋯」

爺爺點頭承諾。

「好了。你們走吧。」和尚說完，閉上眼睛，恢復一動不動的狀態。

爺爺他們輕步退出來，把敞開的廟門拉上。門發出吱吱的摩擦聲，門環鏽跡斑斑，紅漆剝落。門上有對聯：「出世在於渡己，入世在於渡人。」

回到洪家段，洪春耕見事情敗露，和那個假扮的和尚已經逃跑了。洪大剛有家有室，不能一跑了事，反而厚起臉皮，裝作若無其事，見人便仰頭挺胸，得意揚揚。村裡人本來要驅逐他出村子，但是他媳婦在村長的房子前跪了兩天兩夜。村裡人見他還有兒女要養，便默許他留下來。不過後來，有一次洪大剛拿一塊肉逗他家的大狼狗玩，大狼狗突然發飆，一口咬傷了洪大剛的命根子。

於是村子裡說得沸沸揚揚，說是洪大剛的命根子被狗咬斷了，再也不能在他媳婦面前耀武揚威了。

洪大剛聽到傳言，紅著臉粗著脖子跟人家理論。可是傳言越傳越遠，方圓十幾個村的人見了洪大剛都要偷偷笑。有的打趣問他，你撒尿是不是要學女人蹲下啊？

洪大剛憤怒了一個多月，最後終於被流言擊倒，精神崩潰了，看見人便脫下褲子，把那東西掏出來給人家看，說，你瞧，你瞧，有沒有斷掉？

自此，村裡的人見了他便拿著棍子或者掃帚恐嚇他，叫他滾開。十幾年後，我過年回家，聽爺爺說洪大剛進了鄉裡新建的精神病院，現在精神有了一些好轉，能認出村裡的熟人了。

「今天你們賺了，這個故事中包含了幾個另外的故事。好了，今天講的時間已經夠長了。明天的零點再來吧。」湖南的同學微笑道，「這個世界上有太多的謠言，需要我們去甄別，如果輕易相信謠言，很可能成為殺人兇手的幫兇。」

牆上的鐘錶滴答、滴答、滴答……

梧桐樹精

15

又到了午夜，一個個不安分的詭異故事，打開看不見的門，來到我們的耳邊。

「快點開始吧！」宿舍裡的人按捺不住期盼的心情。

湖南的同學端正了坐姿，繼續講述⋯⋯

爺爺聽了和尚的指點後，把和尚的話複述給我聽，然後問我：「根據這些，你能猜到古書的下半部在哪裡嗎？」

我說：「這個太簡單啦！你早說這七個字跟進洞房有關係，就不會等到現在才猜出來了。」

爺爺皺眉問：「你猜出來啦？」

如果不是小時候經常跟玩伴玩扮家家酒，我也不能第一時間想到那個地方。扮家家酒的遊戲就是幾個小孩子在一起模仿大人的生活，模仿最多的就是結婚。幾個小孩子一起分配角色，有的當新郎，有的當新娘，有的當客人，有的當主婚人，搬幾個板凳做禮堂，披塊紅布做新人的衣服。

我們幾個玩伴每次玩結婚的遊戲時，總要到我家的後院來玩。因為後院有真正的「洞房」。那是一個窖洞，一個高不過人，長不過兩臂的洞，就著後山挖成。十幾年前，農村幾乎家家都種地瓜，因為地瓜的葉子可以餵豬。但是地瓜的種很容易發霉爛掉，於是農人在挨著山陡峭的地方挖一個洞，有幾分像陝西的窯洞，只是規模比窯洞小多了，僅夠裝幾籮筐的地瓜。

地瓜種裝進窖洞後，農人將洞口用土磚塞住封死，以保持地瓜的新鮮，來年可以種在田地裡。

在地瓜剛剛種下地的時候，窖洞是敞開的，剛好成為一些小孩的樂園，是玩躲貓貓、扮家家酒的好去處。

我們小時候玩過家家，就把窖洞當作結婚的洞房。

也有人打趣村裡年齡大且未婚的青年，說，你沒有進過洞房吧，要進也是進窖洞。

所以，我聽了爺爺提到「洞房」，第一時間想到了窖洞。

「你確定嗎？」爺爺問道。

我給爺爺解釋說：「姥爹隱含的意思肯定是這樣的，就像包公想到的那樣，能想到這個對聯的人，肯定就是進洞房的人。這七個字是謎語，同時本身就是謎底。怎麼說呢，你

猜這個謎語的時候，你自己已經是謎語的一部分，那麼，你自己就是進洞房的人。」我不知道我說得清不清楚。

爺爺說：「不管是不是，去挖開看一下就知道了。」

時不待人，我跟爺爺立即到爺爺家的窖洞去察看。因為我家的窖洞足夠裝兩家人要用的地瓜種，爺爺年年要爸爸順便給他留點地瓜種，自己家的窖洞已經不常用了。爺爺鑽進滿佈蜘蛛網的窖洞，用鋤頭小心地挖土。

突然「咯噔」一聲，鋤頭碰到了硬物。爺爺欣喜異常，急忙彎下腰，用手輕輕扒開周圍的鬆土。一個銅盒子露出了一角。爺爺抓住盒子的邊角，將盒子從泥土中摳了出來。

爺爺小心翼翼打開盒子，只見裡面躺著一本書。不！準確地說是半本書，而它正是《百術驅》的後半部分，字跡排版和我所擁有的前半本別無二致。

我們急忙翻開看了幾頁，便立即關上盒子，欣喜地趕到香煙寺。我們剛跨進廟門，就看見一個人在往和尚臉上塗金粉了。和尚的笑容在金粉的襯托下有佛一般的安祥。

那個塗金粉的人轉過頭來告訴我們：「和尚說了，由於坤位移動方向，這半個月鬼妓不會出來。等這半個月過去，在十七的晚上月亮變得最圓的時候，你們要迅速解決鬼妓，不要再給她害人的機會。」

爺爺一句話不說，神情黯然地退了出來。

捧著銅盒子走出香煙寺，爺爺似乎是自言自語，又似乎是對我說：「我不敢在他面前說一句話，怕他又違背意願地活過來。」而我知道，爺爺怕的是說了話後和尚不活過來。

爺爺這麼說，只是自欺欺人罷了。我上大學後的第三年，奶奶（外婆）去世了。我在遙遠的東北，沒有辦法及時趕到家鄉見她最後一面，想起年幼時在她家玩耍的情景，我多少次在夢中哭出聲來。可是，之後寒假回到了家，再去爺爺家時，心裡卻沒有任何悲傷，明知奶奶不在了，卻仍然覺得她還活著，似乎我叫她一聲「奶奶」，她便會巍巍顛顛地跑出來。

但是，無論如何，我不敢喊出「奶奶」兩個字。

爺爺的心情應該和我的心情相同。

離開香煙山時，我回頭看了看寺廟大門上的對聯：「出世在於渡已，入世在於渡人。」不禁感嘆和尚的一生。他的一生應該比爺爺更傳奇，可是這種傳奇隨著他生命的結束，世界上已無殘留的一絲跡象。

在等待鬼妓再次出現的半個月裡，我和爺爺沒有閒著。由於期間出現了幾件怪事，我沒有把尪抱鬼告訴我的事情告訴爺爺，但是那半月裡，逃出的簸箕鬼沒有來騷擾我們。月季也沒有給我其他的夢。

我和爺爺全心投入了另一件事情。

事情是這樣的，鄰縣的一個人聽到爺爺捉鬼的事情，費盡心機找到我們，告訴我們他們家出現的怪事。他說他住在什麼縣什麼村現在我已經不記得了。但是他說的怪事我記憶猶新。他說他媳婦生產了三次，三次都是雙胞胎，並且是龍鳳胎。可是，三次龍鳳胎都夭折了。

我和爺爺目瞪口呆。但是，奇怪的還在後面。

他說，他媳婦每次生產都是在春天萬物生長的時候，而孩子夭折都是在秋天萬物凋零的時候，好像他的孩子都是樹木似的。

今年春天，他的媳婦又生了龍鳳胎，本來應該是值得慶幸的事，可是這個男人急得團團轉，害怕秋天一到，悲劇又重複。

他聽說鄰縣的爺爺是捉鬼的行家，想找爺爺去看看是不是鬼在作祟。他費盡千辛萬苦才找到爺爺的住址。

16

爺爺一聽，沒有半點猶豫，馬上否定：「不是鬼。」

「不是鬼？」來人顯然很失望，「那豈不是沒有辦法了？我的孩子沒有救了？」他眼睛紅了，六神無主地就地坐下，兩隻手在褲子上亂搓揉，彷彿在為丟了重要的東西乾著急。

「不是鬼，那是什麼？」我問爺爺。

爺爺說：「我也不知道，反正不是鬼，我可以肯定。是什麼東西要到了那裡看了才知道。」

那人聽見爺爺這樣說，立即爬起來，拉住爺爺的手哀求道：「大伯，求求你去我家那裡看看吧。我知道您擅長的是捉鬼，但不是鬼您也可以去看看嘛，死馬當作活馬醫，總得給我一點希望。不然我的兩個孩子只能等死了，求求您了。」

爺爺面有難色。爺爺為鬼妓的事在洪家段和畫眉村之間來回跑了不知多少次，確實需要好好休息一下。再說，半月後還要提防鬼妓的出現呢，那時還要精力對付鬼妓。

我看出爺爺的心思，幫那人勸說道：「這個人從鄰縣跑來，可見事情的危急。反正鬼妓還要等一段時間出現。我們可以先去他那裡，同時可以看看古書的後半部分，對鬼妓的

瞭解更多，勝算就越大啊。」

其實，看古書在哪裡不是一樣的看？但是我實在沒有詞可以勸爺爺。

那人感激地看著我，又朝爺爺連連點頭。

爺爺見我這樣說，思索了一下，說：「好吧。我答應跟你去看看，但是我們要快去快回。家裡這邊還有很多事情等著我去做呢。」

很多時候爺爺都遷就我，只要我開口的，他似乎很難說「不」字。後來爺爺因為抽菸太多患上了輕微的肺結核，每次我在爺爺家吃飯，媽媽都要給爺爺備兩雙筷子。一雙筷子拈菜到爺爺的碗裡，換一雙筷子再夾著吃，這樣避免爺爺吃飯的筷子直接接觸桌上的菜，以防病毒感染到我們。

我覺得媽媽的做法多少有些傷害爺爺的心，很為爺爺抱不平。媽媽說，這是為了你這個孩子的健康，大人的抵抗力強，小孩子感染了不好。爺爺馬上笑著說，這樣好，亮仔你知道麼，這是有稱呼的，叫「公筷」。他還一面給我講「公筷」稱謂的來源。

爺爺在家裡就是這麼一個謙和的人，從不要求什麼，也不抱怨什麼。

那人見爺爺答應去他那裡看看，高興得手足無措，兩隻手在衣服上摸了無數遍，傻傻地笑著。他的一隻手碰到上衣的口袋，立即想起來掏出裡面的香菸給爺爺點上：「哎，哎，

我差點忘了身上還有菸呢。早該敬給您抽的，看我這記性，一著急什麼都忘了。」

爺爺抽了一口，說：「這個牌子的菸我還沒有抽過呢，味道真好啊！」爺爺就是這樣，一談到菸就來勁。

那人似乎還在迷糊的狀態中，半天才聽到爺爺的話，結結巴巴地說：「啊？您剛才說什麼？」

爺爺笑著說：「不要這麼高興。我答應了去，但是沒有把握能幫到你喔。」

「哎，看您說的。您去了肯定沒有問題，我相信您。」那人對著爺爺討好的笑。他又掏出一根菸遞給我。我看他的腦袋確實發熱了，我還是個初中學生，怎麼能抽菸。

我說：「我是學生，不抽菸。」

那人一愣，彷彿才發現我是十幾歲的少年，連忙不好意思地擺手，說：「你看你看，我真糊塗了。怎麼能給你菸呢，你還是學生。」

他將菸收回口袋，搓著手問：「我們什麼時候出發？」

「越早越好。」爺爺說，「我們吃了飯就出發吧，你到我家將就一餐吧。」

那人說：「那怎麼好意思呢。」話雖這麼說，可是語氣裡根本沒有不好意思的成分，笑得兩隻眼睛瞇成一條縫。我們轉身進屋，他跟著我們進來，口裡囉囉唆唆地說：「那怎

麼好意思，那真是打擾了。」

飯桌上，他自我介紹說他是某某縣的瓦匠，名字叫郝建房。看來他父母生下他的時候，就料到這個兒子天生是塊做瓦匠的料。

吃菜的時候，他專在碗裡挑來挑去，只選瘦肉吃，把辣椒都翻到了一邊。飯量也大，一連吃了五碗飯，將鍋底的鍋巴都刮乾了。吃完飯，還拿筷子將碗裡黏著的幾顆飯粒一顆一顆挑到嘴裡。

爺爺看不過去，說：「建房啊，要吃飯還是有的。不夠的話我叫我老伴再煮點。」

「夠了夠了，」他揮舞著筷子說，「我從家裡到你們這個縣來，一路上很少吃東西。我媳婦給我做的油餅不多，吃到半路就沒有了。」

「路上可以買點東西吃嘛。」爺爺說。我心想他的經濟條件可能不好。

他說：「能省點是一點。」

奶奶讚揚他說：「你是個能持家的人。我老伴少抽點菸都能省下一些油鹽錢，可是他就是戒不了。要是他有你這麼勤儉就好了。」

吃完飯，天有些暗了。建房喝了一杯熱茶，問爺爺：「我們現在走嗎？」

爺爺說：「行。」爺爺問我去不去，我說去。

90

建房說：「帶個手電筒吧，夜路不好走。」

「走路去？」我驚訝道。要是走路去的話，我可不願意去。雖然我不知道鄰縣有多少路程，但是少不了一頓好走。我原以為建房會給我們叫輛車帶我們過去呢，沒想到這個人這麼摳門。

爺爺也面露難色：「我身子骨老了，走這麼多路恐怕到了你那裡就要躺下了。你能不能叫輛車載過去？路短還好，可是你那裡太遠了，走到明天早上都到不了。」

建房愣了一會兒，說：「叫車啊？我來是走路來的呢，不難走的。不過你們要叫車，那我就叫一輛吧，救我家孩子還在乎那點小錢麼，你說是吧？」

我心裡不滿，故意說：「走路我是不去的，要麼我們自己叫一輛車吧。」

他嘿嘿笑了笑，說：「還是我來叫車。這樣多不好，在你家吃了飯還要麻煩你們去我家幫忙。」

17

他終於叫了一輛車來。夜晚路上的車少，司機把車開得飛快。我和爺爺在車上顛簸了半夜，我中途迷迷糊糊睡過去了，耳朵還在朦朧地聽爺爺他們有一搭沒一搭地說話。聲音聽起來像是來自遙遠的地方，那種感覺很奇妙。

後來我在似醒非醒的狀態中被爺爺叫醒，說是車到郝建房的家了。我也不知道當時是什麼時辰，不過天還是黑漆漆的，星星已經很少了。我睡眼惺忪地跟著他們下車，走進郝建房的家。

郝建房安排我和爺爺睡在一個房間。他的家比較寬大，粉刷也不錯，在當時的社會比較殷實的家庭才能做到這樣，與我原以為的大相徑庭。

第二天，他招待我和爺爺吃過早飯，便一起在他家周圍轉轉。首先查看的是房子的大門，大門的面向很重要，嘴裡叼一根菸，仔細查看郝建房家的房子。爺爺兩隻手背在身後，包括方向、面對的物體，如屋前有沒有樹，有沒有井以及其他。

我跟著爺爺瞎逛，我不會看房子的風水。郝建房唯唯諾諾地跟在後面。爺爺不放過房子周圍的任何一點細小的爺爺領著我走。

東西，包括周圍是不是有大石頭，或者泥坑。

爺爺說：「大門是沒有問題的。」

我問道：「大門也影響風水嗎？」

爺爺沒有直接回答，而是給我講了一個故事。文天村在沒有繁衍到現在百來戶人家的時候，只住著一對老夫婦。一天，這對老夫婦幹完農活回來，發現家門口躺著一個病重的白髮老翁。這對老夫婦好心將他接進家，熬藥燒湯，將白髮老翁的病治好。白髮老翁病癒後，對老夫婦說，我一無所有，沒有什麼可以報答你們的；見你們都年紀老了，但是膝下無子，恐怕老來悲涼，我就給你們指點一下，好生個孩子吧。

那對老夫婦笑道，救你沒有指望要報答的。再說，我們都行將枯木，哪裡能再得一子？

白髮老翁說，你們一直沒有生育，是因為你家的風水出了問題。但是你們的房子已經這樣建了，要想重新做已經不能。但是我可以把你們家的風水出個方向，改個大小。我現在身體好了，可以花點力氣幫你們把門改造一下。

那對老夫婦信將疑，遂讓白髮老翁改造他們家的大門。白髮老翁花了兩天時間，將原來的大門移到後面，又將大門稍微修改了一點，然後不辭而別了。

那對老夫婦在當年除夕的時候果然生下一個胖乎乎的男孩，而後又生下兩男一女。文

天村由此繁衍不息，人丁興旺，形成了現在的百來戶人家。

我問爺爺：「修改了大門就有這麼大的影響？」

爺爺說：「是啊。風水往往由於差那麼一點點，結果就大大不同。」

跟在後面的郝建房馬上問：「您看看我家的風水怎樣？門前有樹，屋後有山。風水應該還可以吧？」

爺爺點頭道：「確實。我看你這裡的風水還可以啊。怎麼就出現這樣的怪事呢？難道我猜錯了？難道真是鬼造成的？可是沒道理啊，照演算法，不應該是鬼在作祟啊。」爺爺皺著眉頭思考了許久，最終沒有求到答案。爺爺只好無奈的朝郝建房搖頭，表示無能為力。

郝建房討好的笑立刻僵硬在臉上，像打了霜似的難看。

爺爺說：「我確實已經無能為力了。我們在家裡還有沒處理完的事，只好先行告退。你另請高人吧。」

郝建房快快道：「秋季一到孩子就保不住了，哪還有時間請其他的高人哪？何況，我也不知道高人在哪裡。」

爺爺抱歉地笑笑，安撫道：「福禍都是有命的，或許這個秋季就不同了呢。」

郝建房點點頭，連忙低頭走開。他在掉眼淚，怕我們看見。

我問爺爺：「您相信命嗎？」

爺爺說：「你能鬥過命的時候，就千萬不要相信命。你不能鬥過它的時候，你就可以理智地不要白花力氣，這時你可以相信命。」我相信他不但是在教育我，而且在說他一生的人生哲學。

我們邊走邊聊，不知不覺走到郝建房家的後山上。爺爺突然絆了個趔趄，幾乎摔到草叢中去。

「什麼東西啊？絆得我差點摔壞了骨頭。」爺爺抬起腳，雙手揉捏腳趾頭。

我低頭一看，是兩個樹樁。樹樁高出路面半寸，豎在路中間像個冒號。爺爺正是絆到了樹樁突出的部分。

樹樁的截面很寬，幾乎有一個四人坐的圓桌那麼大。根據截面模糊的年輪來看，這兩棵樹少說有了百年的歷史。

「這是什麼樹？」爺爺向郝建房喊道。

「梧桐樹。」郝建房用衣角擦擦眼睛，聲音嘶啞地回答。

我對爺爺這樣的行為很不滿，郝建房正在傷心孩子的事情呢，你老人家還問什麼樹，這不是故意讓人不舒服麼。

爺爺很不識趣地繼續問：「梧桐樹？怎麼砍了？」

郝建房漫不經心地說：「剛蓋這房子時少了點木材，並且擋了做房的地基。我就把這兩棵樹砍了。本來是要連根挖起的，但是這樹的年齡太大了，根系很發達，挖起來估計一個根可以裝一卡車，需要勞動力大，所以沒有挖掉樹根。」

爺爺蹲下來仔細觀察樹樁，說：「這樹好像還沒有死。是嗎？」

郝建房見爺爺老問一些與風水無關的事情，態度有些不好了，但仍平和地回答：「是啊，春天的時候，它的樹樁上還生長出嫩芽呢。但是每天經過這條路的人不少，嫩芽生出不久就都被腳板踩死了。所以到現在還沒有生長起來。」

「哦。」爺爺點點頭，伸手向郝建房討要菸，「來，給我一根菸。」

郝建房懶洋洋地走過來，給爺爺遞上一根菸。

爺爺說：「你別怪我話說得醜啊，你這人就是有點摳，有點小氣。做房子哪能用百年的老樹呢？」

爺爺點燃菸，接著說：「我看出些問題了。」

「你看出問題了？」我和郝建房異口同聲。

96

18

爺爺嘴裡叼著菸頻頻點頭：「我說了不是鬼嘛，這是梧桐樹作的怪。」

「梧桐樹作的怪？」我又和郝建房同時驚問道。

「這兩棵梧桐樹生長了一百多年，已經具有了一定的靈氣。你為了建造房子將它砍伐，它們肯定不服氣，自然要想方設法報復你。」爺爺說。

「梧桐樹的靈氣？」郝建房驚訝地問道。

「對。大自然中的一切生物都是有靈氣的。如果你破壞了它，就可能受到懲罰。」爺爺摸著樹椿的年輪，神色安然地說，「人們往往把它們的靈氣叫做精，也可以說是梧桐樹精在報復你。」

「那怎麼辦？」郝建房兩眼驚恐地盯著梧桐樹的樹椿問道，彷彿問的不是爺爺而是梧桐樹椿。

爺爺微微一笑，低頭問底下的梧桐樹椿：「你有什麼要求呢？」那個神情既像是跟郝建房開玩笑，又像是真正在和梧桐樹椿說話。郝建房見狀，瞪大了眼睛看著爺爺，似乎在等爺爺傳達梧桐樹椿的要求。

爺爺就像專業演員一樣俯下身子，將耳朵貼近梧桐樹樁。聽了一會兒，爺爺默默頷首，說：「嗯，我知道了。行，你的要求不過分，就照你的要求辦吧。我相信郝建房能辦到的。」

郝建房一聽到爺爺跟梧桐樹談到自己，忙使勁點頭說：「是的，是的。只要我能辦到的，我一定辦到。」說完喉嚨裡咕嚕一下，重新強調：「真的，我一定辦到，請兩位梧桐樹精放心。不要再害我的孩子了。」

爺爺站起來，拍乾衣服上的泥塵。郝建房連忙湊上前，問道：「梧桐樹精有什麼交待？

不會需要很多錢吧？」

爺爺皺眉道：「你到了這個時候還怎麼摳門，是孩子重要還是錢重要？」

郝建房連連點頭：「對，孩子重要，孩子重要。花多少錢都無所謂。」

爺爺伸出兩根手指，在郝建房的眼前晃晃。

「兩百？」郝建房歪著腦袋問道，「是不是要花費兩百塊錢？」很容易可以看出郝建房在掩飾，他說話的語氣就像呆在冰窖裡久了，牙齒已經開始磕碰。

爺爺搖頭，仍把兩個手指在他眼前晃動。

「兩千？」郝建房臉色有些不好看了，兩手在微微地顫抖，嘴唇輕輕哆嗦，好像暈血的症狀。

爺爺不耐煩地說：「我要你給我根菸抽抽，什麼兩百塊兩千塊的？」那是我見爺爺最幽默的一次，平時很少見到爺爺開玩笑，但是我覺得唯一的那一次確實精彩。

郝建房乾咳了一聲，微微扭動身體，緊張的神經稍微放鬆了一些。他手指慌亂地伸進口袋，費了好大的勁才將菸盒掏出來，甩動菸盒，抽出一根香菸遞給爺爺。爺爺嘆了口氣，接過郝建房手中的香菸，自己點上抽起來。

「到底要多少錢？」郝建房弓著腰，像個奴才似的問爺爺。

爺爺說：「錢倒是不要，關鍵看你有沒有心。要錢幹什麼？要錢你能把這兩棵梧桐樹的枝葉都買回來？」爺爺有些不高興了。郝建房弓著腰唯唯諾諾。

「其實梧桐樹精沒有跟我說什麼，但是我知道你應該怎麼做。」爺爺說，「你把這兩棵梧桐樹的根挖起來，挖的過程中不要傷斷了它的一條根，一條鬚。然後把它移到一個土地肥沃的地方，最好是黑土的地方，沒有人經過的地方，陽光充足的地方。這個你能做到麼？」

郝建房忙說：「能，能的。」

爺爺說：「這些還不夠。你每天要給它們澆一次水，這水不能是河水，也不能是池塘裡的水，要澆乾淨甘醇的井水。春天看護它的新芽，不要被人踩了，被鳥吃了，被蟲害了。

冬天給它的樹枝包上稻草，不要讓雪凍壞了，讓風刮斷了。」

「能做到的我盡量做到。」郝建房回道。

「不是盡量做到，而是一定要做到。如果它的新芽新枝再出問題，你的孩子也會出問題。如果它們的新芽新枝死了，那麼你的孩子也會再次遭受厄運，像前面的幾個一樣。」

「誒，誒。」

爺爺說：「那好。你記住了。這些有一樣你沒有做到的話，你的孩子就會有不好的事情發生，到時候再反悔可就晚了。」

「還有，你以後只要看到梧桐樹，你都要對它尊重，不要傷害它。知道嗎？」

「知道，知道。以後凡是梧桐樹，我都繞著走，這還不行嗎？」

郝建房連連點頭，見爺爺手裡的菸抽完了，忙主動遞上一根，說：「我答應你，我一定做到。做父母的，為了孩子這點都做不到麼。」

爺爺接過菸戴在耳朵上，說：「你要答應的不是我。」爺爺伸手指著那兩個一直沉默著的梧桐樹樁：「你要答應的是它們。你能不能做到，我回去後就不知道了。但是它們都知道的。等到它們長得比你的孩子高了，你就可以停下來了。」爺爺重申道：「記住了，要它們長得比你孩子高，你才可以停下來。」

「誒。」他回答道，「如果有什麼事，我還可以找你不？」

100

爺爺說：「只要你做到，基本上不會再有事。」

不過我們離開郝建房家後，他還是透過一個在兩地之間販賣稻穀的人跟爺爺不時地保持聯繫。

秋收後，那個販賣稻穀的人到畫眉村這邊來收穀。他找到爺爺，說郝建房特意叫他帶來幾包菸送給爺爺。爺爺問郝建房的情況。那人說，郝建房的孩子長得健健康康，沒有出現以前那樣的事。郝建房現在每天去給兩棵梧桐樹澆水，一天也不敢怠慢。他看見別人要砍樹的時候，不管是不是梧桐樹，他都要求別人別把樹根傷了，自己移回家來種。

爺爺呵呵笑道，那就好。

那人扛著麻袋上車準備離開時，跟爺爺說，您走後，他按照吩咐挖梧桐樹的根。那樹根有一百多年的年齡，根系十分發達，要想不損傷根鬚挖起來特別困難，並且要挖的範圍很大。其中一個梧桐樹的根延伸到了郝建房的屋的地下面。郝建房只好打地道一樣挖樹根。等他將樹根整個挖了出來，他的房子因地面失陷而倒塌了。

「好了，今天的故事到此結束。以後碰到花花草草什麼的，可不要隨意虐待它們。」

湖南的同學說道，「想聽故事，明晚再來。」

我們談論了一會兒「愛護花草」的話題，然後各自上床睡覺。

紅
狐

19

午夜，總是這樣的充滿魅惑的力量。湖南同學又開始講了……

我跟爺爺從郝建房家回來不到一週，龍灣橋下坡的地方出了一起車禍。出車禍的是公路旁邊一所小學的女學生。幸虧肇事的司機迅速將這個女學生送到了醫院，經過及時搶救，女學生暫時沒有生命危險，但是仍有隨時出現危險的可能。

女學生的家長找到爺爺，要爺爺幫忙。

爺爺奇怪地問道：「你女兒已經被撞了，找我也不能讓時間倒流避開大車啊。你還是去求醫生好好治療吧。」

那個家長說：「您是不知道。我女兒出車禍可不是偶爾的事情。」

「那就是應該的咯？」爺爺詫異地問道。

「那也不是。龍灣橋下坡的地方可是個怪地，每年的這幾天都要出現一次車禍。在那裡被車撞到的人已經不止十個了，要麼當場死亡，要麼受了重傷。受重傷的過不了多久無論怎麼救治還是會死掉。」

「哦？有這事？」爺爺問道。

那家長著急地說：「是啊。要不我不會來找您了。求您幫幫忙吧。我女兒雖然現在在醫院治療，但是我心裡知道，如果不請您幫忙處理，她遲早都是要死的。前面十多個人沒有一個逃脫的。」

「哪有這樣的事？我不相信。」爺爺擺擺手。爺爺的心思我理解，自從爺爺捉鬼有些名氣後，附近左右的人不管什麼事都來請爺爺幫忙。小孩子發高燒了，臉上生痘了，走路踩到狗屎了，人家都來問問爺爺是不是有什麼靈異的東西作祟。這樣弄得爺爺的正常生活無法繼續。

「我說的都是真的，請您幫幫我吧。」那個家長央求道。

爺爺說：「你別逗我了，我還有事情要忙呢。」

爺爺說得不假，為了應付半月後要出現的鬼妓，我和爺爺沒有少忙活。我天天放學回來就抱著那本古書死啃，爺爺則在做收服鬼妓的器具。

為了更好地聯繫兩個半本的書，我將它們縫合到了一起，並用油紙包好。

我在爺爺釘住簸箕鬼的時候就擔心過遺漏細節的問題，這次我仔細查看了兩本書分開的地方，簸箕鬼的內容剛好分成了兩半。爺爺按照前半部分的要求做了，卻遺漏了後半部

分的警示。那就是竹釘釘住簸箕鬼後，還要在墓碑上淋上雄雞的血，然後燒三斤三兩的紙錢。《百術驅》上解釋說，淋上雄雞血可以鎮住簸箕鬼，燒三斤三兩紙錢則是為了安撫它，這就叫做一手打一手摸。

如果不這樣的話，簸箕鬼就能擺脫竹釘的禁錮。

逃脫掉的簸箕鬼會比原來的怨氣更大，也更難對付。它的實力是原來的十倍，它會瘋狂報復當年禁錮它的人。為了讓爺爺更加專心地對付即將再次出現的鬼妓，我沒有把簸箕鬼的事情告訴他，我打算一切都等收服鬼妓之後再做打算。

在這幾天，月季又來到我的夢裡，告訴我它感應到一股比自己還濃重的怨氣正在集結。它的神情有些緊張，它摟住雙臂，似乎周圍的空氣變得很冷。我在夢中也感覺到周圍的冷空氣像冰涼的舌頭一樣舔舐我的皮膚，使我不禁抱緊自己。夢醒後，我發現自己緊緊抱著被子蜷縮成一團。

媽媽以為我感冒了，一要給我刮痧，二要給我拔火罐。

而爺爺正在做一個門檻，寬四寸厚四寸長四尺，用鐵皮包住，用鐵釘釘好。古書上講，門檻是千人騎萬人跨的東西，鬼妓最怕的就是它了，見到它就會想到自己的身世和苦難，

泣不成聲。十幾年前的農村重男輕女的思想非常嚴重，有些人罵女孩子就說：「你就是個鐵門檻，遭千人騎萬人跨的。」這是一個很重的罵法，比罵「臭婊子」還要兇狠。

《百術驅》上解釋，那種罵法就是鐵門檻的隱語。花有花的隱語，草有草的隱語。很多特別的東西都有自己的隱語。而鐵門檻的隱語正是對付鬼妓的咒語，一種沒有聲音不用誦唸的無聲咒語。有一種叫替身娃娃的巫術就是利用的無聲咒語。往一個布娃娃身上捅針，巫婆把針扎在哪個地方，被詛咒的人就會在相應的身體部位出現劇烈的疼痛。

咒語其實是一種巫術行為。語言禁忌發展到極點，達到靈物崇拜程度，就可能形成咒語。咒是口頭語言禁忌，平時禁止使用，一經使用，它就具有超自然的力量，會致對方於死命。咒語的文字表現形式是符籙。中國舊時，人死後請道士唸經超渡亡靈，要在房屋四壁上貼符；蓋房上樑時，在房樑上貼符，我們那裡是在最後一根房樑上用紅色繩子繫上幾個銅錢；孩子生病時到寺廟裡求符。符是一種奇特的圖畫，充當文字符號，代替語言的力量，用作避邪鎮妖之用。符也不只有紙符，任何有隱語的東西都可以做成符，如桃木，如竹釘，如鐵門檻。

幾乎所有咒語都有副作用，《百術驅》上把這種副作用叫做「反噬」或者「逆風」。如果使用咒語失敗，在沒有防護的情況下，咒語會以起碼三倍的力量反彈到你身上。即使

使用成功，咒語也會有一定量反彈回來，對你造成潛移默化的不良影響，如果在不知情的情況下，仍然一再使用，對身體會產生巨大的影響。不過一般方術之士都有防禦的專門方法。這個佛家與道家、正統道家與民間道家都有不同，很多都是轉移到別的生命體身上，讓其他人或者物體代為受過。如果爺爺的咒語失敗，鐵門檻可以抵禦一定的反噬，爺爺自己只會受輕微的傷害。

爺爺跟我說，姥爹曾為一個被鬼纏身的人施過「解身咒」，在那人門前的一棵桃樹上畫符，讓纏身的鬼誤以為那棵桃樹是那個人，從而使那人擺脫鬼的糾纏。當時正直暖春，然而那棵桃樹在短短幾天內，迅速枝葉枯黃，飄落凋零。

那人將枯死的桃樹砍斷，發現樹皮裡面全部是不知名的蠕蟲。裡面被這些蠕蟲吃得一乾二淨。姥爹在那幾天也氣短胸悶，上吐下瀉，反噬的反應很嚴重。

我看著爺爺專心做鐵門檻，擔心他會受反噬的侵害。

20

在爺爺專心做鐵門檻的時間裡，我想起了我剛進大學時的一件怪事情。那時的我根本沒有想到十幾年後發生的事情可以聯繫上目前所做的事。就是在發生那件事情的當時，我也沒有聯想到這與很多年前的鬼妓有關。

有時候，我確實有這麼笨。比如，我在小學時學過一篇《小馬過河》的課文，老想不明白為什麼水牛和松鼠一個說河水淺一個說河水深。我學完那篇課文後的啟示是：水牛和松鼠中間有一個在欺騙小馬，所以只有自己經歷了才能戳穿事情的假面目。到了高中，我偶然翻開一本小學課本，才想清楚原來水牛高松鼠矮。

那件與鬼妓相關的事情發生在我進大學後的第三個月。

那是一次晚自習，一個名叫焦皮（「那是我以前的寢友。」湖南同學強調道）的同學坐在我的旁邊。整個自習室靜悄悄的，教室裡只有三三兩兩的學生在看書做題。焦皮突然拍拍我的肩膀說：「看，那邊走來的女生手裡也拿著一個跟你這樣的筆記本。」

「先看好是否漂亮。」我手中的筆不停，繼續寫不能發表的文章，頭也不抬一下。不得不承認，我當時非常癡迷於文學，老幻想著自己的文字可以變成鉛字，在各大報紙雜刊

上顯頭露臉。可是結果是殘酷的，我也只能在校刊校報上拿點碎銀子自我安慰。

「嗯？」焦皮不懂我的意思。

「如果漂亮，那證明我們之間有緣分。」我用筆端點點額頭，那說明我正文思泉湧。

「嗯？」焦皮真是頑若冰霜，長著一個容積較大的腦殼，可是沒有裝多少腦細胞。

「如果不漂亮，那就只是一種巧合而已。」我又在本上畫個不停。

焦皮「哦」了一聲，沒有再說話，伏下頭安心寫他的作業。整個過程中，我沒有看焦皮說的那個女生一眼。

上完自習，從教室回到宿舍的途中要經過一個食堂。我經過食堂時，瞥見了生長在冷清角落的一棵小柳樹。

我記得某個夜晚去看電影，恰好經過這裡。那時的月光朦朧，我看見那棵小柳樹在微風中翩翩起舞，長長的柳條化為輕柔的絲巾，小巧的柳幹化為輕柔的舞女的軀幹。漸漸地，其他的景物都被夜色溶化，它卻由模糊變得較為清晰，竟然顯現出頭、手、足。懸空的玉盤適時地襯托著自由自在的舞女，成為曠遠的背景。

那一刻，我是愣了，腳像生了根的豎立在原地。那舞女在神秘的月光下盡情地展現優美的舞姿，還頻頻回頭，瞅我一眼。我分明在流水般的月光中看見了她流水般地散發著月

110

光一樣的光芒的眼睛。我全身滑入清澈明亮冰涼的流水中，既感到兩腋清爽生風，又感到缺氧的窒息。

漸漸地，月亮從薄雲中掙扎出來。那美麗的舞女又幻化為一棵小柳樹。我困難的呼吸緩解過來。

回到宿舍後，我沒有很在意剛剛發生的事情，攤開棕色牛皮筆記本繼續寫我的小說。

因為讀初中時跟爺爺捉多了鬼，讀大學離開了爺爺，也不再接觸鬼的事情，所以有時難免出現一些幻覺後遺症。

寫了不一會兒，我覺得比較睏，趴在桌子上睡覺了。我的夢進入得很慢，眼前先是一團烏黑，偶爾有幾個不知是什麼顏色的小點在那裡跳躍。接著越來越多的小點加入舞蹈。

漸漸地，它們有規律地排列開來，形成一位美女背後的秀髮，接著轉化為一株風中搖曳的小柳樹，小巧的樹幹彷彿一條游泳的水蛇扭動，柔軟的柳條彷彿輕拈絲帶的肢體舞動。跳躍的小點越來越多。那個夜晚的舞女再次浮現，表演那心曠神怡的變化無窮的舞蹈。

此時的我已經不再像十幾年前那樣能知道自己是不是在夢中，反而一做夢就很深很沉，醒來了也會特別累。

她頻頻回首，顧盼生輝的眼神攝去了我的魂魄。從她眼中流出的月光一般的水，迫使

時光倒流，把驚愕的我重新置入那個夜晚的那片月光中。我的注意力被無形的手抓住，集中轉移到她的眼睛上。那是一雙美麗的眼睛。她繼續舞蹈，但少了輕柔多了妖媚。伴隨舞蹈節奏的加快，那眼睛漸漸變為綠色，居然放射出像箭一樣銳利的光芒來。無數的光箭射向我，將冰冷刺入我的骨髓。我冷得發抖，同時嚇得發抖。那不是狐狸的眼睛嗎？十幾年前，我跟爺爺捉鬼的時候曾見過狐狸，那是我們那裡山區的最後一隻狐狸。

醒來的時候我打了個噴嚏，渾身冰涼。對面的鬧鐘的指針正若無其事的「嗓嗓嗓」走動，一圈一圈地做單調循環。我覺得現在的日子也如這一圈一圈的單調循環。昨天、今天、明天是長相相同的孿生姐妹。就這樣看著錶的指標在「嗓嗓嗓」聲中一點點地切去我的生命，我感到恐慌。

「缺少一個女朋友。」焦皮這麼解釋我的心理。

「不，是缺少幾個。」我糾正道，「一個洗衣，一個提款，一個當散步的招牌，呵呵呵……」我不是在說自己的「遠大志向」，而是闡述看多了的校園愛情後的總結——大多玩玩罷了。

說完這句焦皮認為很經典的話，我起身去上晚自習。經過食堂時我又忍不住向那冷清的角落瞥了一下。那小柳樹像含羞低頭的長髮美女。我眼光剛剛碰觸它就立刻收回來，心

中莫名地害怕。

身邊默默走路的焦皮突然活潑起來；「看，前面的美女就是上次自習我指給你看的那位！」

「嘿，妳好！他叫亮。他旁邊的那個是我，我叫焦皮。」焦皮主動向前面那個女生打招呼道。

她被焦皮調皮的介紹方式逗樂了，大方地伸出手來分別和焦皮我握了握：「我是胡紅。」我一驚。

焦皮說：「胡紅？多好的名字啊，但是不如叫胡柳的好。你就像一株美麗的柳樹。」

我連忙說：「不不。叫胡柳不好。為什麼偏要叫『紅』或者『柳』呢？」

胡紅非但沒有生氣，反而被我的較勁弄得咯咯笑個不停。她說：「我還有點事，先走了。拜拜！」焦皮馬上問：「我是機械系的，你是哪個系的啊？」

胡紅猶豫了稍許，說：「我是政法系的。」

21

她對我們的搭訕不感興趣，禮貌地笑笑，轉身就走。焦皮在一旁為自己在女生面前表現出的幽默感而沾沾自喜。

我愣愣地看著胡紅漸行漸遠的背影。焦皮走上來捶一下我的胸脯，把我嚇了一跳。焦皮斜著眼珠看我：「喲，這麼快看上人家啦？」

「哪有的事！」我被他一嚇後反而清醒多了，但接著在走向自習室的一路上，總感覺胡背後那柳樹下有一雙眼睛盯住了自己，覺得毛骨悚然。焦皮仍興致不減喋喋不休地評價胡紅的模樣，但是我沉默著，總覺得有些東西怪怪的。

走到自習室門口時，我忍不住突然迅速轉身，彷彿背後躲著一個暗暗追蹤的黑影。焦皮被我突如其來的動作嚇得一跳：「你幹嘛呀？兄弟，剛才嚇了你，你報復我是吧？」

那一瞬間，我看見一隻火紅色的狐狸蹲在柳樹下。在我的眼睛碰觸到它綠瑩瑩的眼睛時，它迅速溜掉了。「看什麼呢？」焦皮順著我的方向望去，「什麼也沒有啊，神經兮兮的！」

「紅狐！」我大叫，汗毛都豎立起來了。我真看見它露出那張狐狸臉，但立即又消失

了。

「是胡紅！從那身材就可以看出來。」焦皮拍拍我驚恐的臉，兀自走進了自習室。

「我說的是食堂那角落裡。」我跟著進自習室，坐在焦皮旁邊。

「那裡只有一棵柳樹啊。」焦皮愛理不理地回答。我們選個位置坐下。

「你們是大一的吧。」後面一個戴著深度眼鏡的女學生插話了。她可能是大四的，因為她的桌上放著兩本考研究所的輔導書。

「那是胡柳。」

「胡柳？」我瞪大了眼睛。

「哈哈，我剛才給胡紅改名為胡柳呢，兄弟你看，就這麼巧呢？」焦皮樂不可支。

「胡柳是柳樹的一種。古人說這胡柳比一般的柳樹多了一些妖媚之氣。我開始不信呢。

但是在讀大三時，那胡柳下曾死過一個女孩。我親眼目睹了那幕。」她推了一下深度眼鏡，顫的。」

「古代神幻著作中說女人死在胡柳下，魂魄會變成狐狸。所以我每次經過食堂都是心驚膽顫的。」

「那些書都是騙人的，誰相信呢。」焦皮不屑一顧地反駁。

我覺得有什麼重要的問題被遺漏了，但一時又記不起來。

在回寢室的路上，我在食堂邊站了一會兒。其實這不完全是食堂，下三層是餐廳，上

四層全是娛樂場所。（我插言：「這個我們都知道。」）小柳樹恰好在七樓一個破舊窗戶

的正下方。上完晚自習，夜已經較深了，那窗戶彷彿一個張開的嘴巴，似乎要吞下一切。

第二天，我經過食堂去教學樓上課。食堂外站了許多人。一問，原來昨晚有一個男生

從七樓窗戶跳了下來。今天早晨被清潔員發現，躺在胡柳下的他居然還有微弱的呼吸，剛

剛被弄去校醫院搶救。我湊近人群，只看到一地猩紅的血跡，和那紅狐顏色一樣。

當晚我和焦皮又在食堂邊碰見了胡紅。焦皮大叫：「這不是巧合，這是緣分！」我連

忙去捂住他的嘴。胡紅笑吟吟地轉過身來向他們打招呼，我注意到她是個瘦小但很賞心悅

目的女孩。寒暄了一會兒，她說：「我還有點事，先走了，拜拜！」

接下來在自習室又看到了戴深度眼鏡的大四女生。她主動向焦皮揮手，意思是叫他們

坐到她前面的空位上。

「喂，相信了吧？.我說了胡柳有妖媚之氣的。昨晚跳樓的男生肯定是受了狐狸的媚

惑。」接著，她又神秘兮兮的小聲說，「告訴你倆啊，去年那女孩子是在同一個地方跳下

來的。不知道下一個是誰呢。」

「那她為什麼自殺呢？」我找到了這個重要的問題。焦皮眼中分明出現了恐懼。

「女孩子還能為了啥？感情唄。聽說是一個她喜歡的男孩子玩弄了她的感情，一時想

不開就……」她攤開兩隻手，表示無可奈何，「後來那男孩子心理壓力很重，不願意在這裡待下去，輟學打工去了。可巧的是怎麼又有人在那裡跳樓呢？」

「不要把完全不相干的事情扯到一起，好不好？」焦皮臉色發生了變化。

「那為什麼今天的男生在同一個地方自殺呢？」我問。大四女生望著焦皮點點頭，表示我的話也是她的疑問。

「那窗口好跳，恰好下面又長著一棵胡柳啊。」焦皮聲音雖大，但明顯底氣不足，所以聲音有點顫抖。「那好，你說，你說兩者有什麼聯繫？下一個跳樓的會是誰？」

「我也不知道。」我說。

大四女生也搖搖頭，說：「但我肯定那狐狸還會去害別人的。」

上完晚自習，我馬上去了政法系的公寓樓。我找到了打籃球認識的朋友強子。強子是政法系的學生會幹部，認識很多人。幾分鐘後，我從強子那裡回來。夜很靜，我能清晰地聽見自己撲撻撲撻的腳步聲。接著就不對勁了，我覺得有另一雙腳步聲從背後傳入耳朵。

我停住，它也停住；我邁步，它也跟著響起來。幸虧我很快回到了寢室。

焦皮看見我額頭滲出了細密的汗珠，問我幹什麼去了。

「政法系根本沒有胡紅這個人！」我顫抖著說。

這晚焦皮和我都沒有睡好。焦皮害怕得緊緊抱住被子。我平躺在床上，想了許久。大

概凌晨兩點多的時候我才昏沉沉地入睡。在流水般的月光中，那柳樹下果然躺著一隻紅狐。

它綠瑩瑩的眼睛閃爍著兇狠、報復，也閃爍著悲痛。它嘴角流淌著刺眼的血，死死盯住我。

幾秒鐘後，它轉身離開了，像上次我轉身看見的情形一樣迅速離開了，留下早隱匿在身後的一具屍體。直覺告訴我，那是跳樓的男生。我看見屍體的心臟位置被紅狐舔咬破爛了，底下的血像一張紅色的狐狸皮平鋪在地上。鬧鐘把我叫醒了，一身汗淋淋的。

焦皮死也不肯去上晚自習了。我獨自背上書包走了。快到食堂的時候，我隱隱約約看見前面站有一個嬌小的身影。我深呼吸了一次，走上前去，將手放在她的肩膀：「你好，胡紅！」

胡紅轉過頭問：「你知道了我的秘密，你不害怕嗎？」

我笑笑說：「我相信妳是善良的，所以不怕。」

22

「那男生的自殺與你有關嗎？」我問。

「我要報復！我要讓那些心理脆弱的人愛上我，然後我把他狠狠地甩掉！讓他們也嚐

嚐女孩子受傷時的感受！」她的聲音很小，但很堅定。

「因為以前妳喜歡的人傷害了妳，對嗎？」

胡紅沉默了。

「那妳不是和那個傷害妳的人一樣了嗎？」我聲音很低，故意將語速降慢。

那晚我沒有去自習室，我和胡紅聊了很久很久。並且此後的每個晚上我都會去食堂前面，將手放上背影的肩膀。胡紅轉過頭，然後我們開始聊天。

突然有一次聊天的時候，胡紅說：「這幾天來，是你的話語和你的行動讓我覺悟了：並不是所有的人都是虛偽的，其實真誠的人還有很多。我不打算再去加害別人了。」

我心頭有種異樣的感覺，既放心又不捨。回到寢室後，我又做夢了。夢中的小柳樹表演著歡樂的舞蹈，舞女的眼睛像月光一般柔和，像流水一般清純。這是我近來第一次夢醒後沒有汗水。

焦皮告訴我：在醫院搶救的那個男生忽然好轉得飛快，現在能下床行走了。我聽完馬上趕往食堂。躲在冷清角落的柳樹居然開始枯萎，有一半的柳葉已經微微泛出黃色。

這天晚上，我急急忙忙跑向胡柳的所在地，似乎要去給某一位要好的朋友送行。我看見前面的背影後將腳步放慢，輕輕走上前，將手放在她的肩膀上叫道：「嘿，胡紅！」

轉過來的卻是一張陌生的面孔，我大吃一驚！

那女孩笑了，問道：「不會吧，我有這麼嚇人嗎？是不是看多了恐怖片啦？」

「對不起對不起，我認錯人了。」我連忙道歉。

「看，我在這裡撿到一張明信片。喂，你是不是在找它？你是亮吧？」那女孩手裡捏著什麼東西。

「你怎麼知道？」我迷惑了。

「哈哈哈，你以為我有妖魔附身知道你的名字啊？這明信片上贈送人寫著亮呢，還有什麼感謝這幾天來你為我所做的一切。不唸了，你自己看吧。」

我接過明信片，藉著微弱的月光，看見上面畫著一隻美麗的紅狐。

次日清晨，又有一大群人圍在食堂前面。我心裡咯噠一聲，急忙擠進去。接下來幾天，校園裡處處都在討論為什麼好好一棵胡柳在一夜之間枯死了。只有我知道，我的一個好朋友已經離開了。

「嗯，今晚差不多了。」湖南同學挪動了一下身子，聲音裡居然有些傷感的意味。「奉勸各位，千萬別玩弄別人的感情。」

滴答，滴答，滴答……

我們都陷入沉默，唯有牆上的時鐘發出聒噪的聲音。

23

0：00。

湖南同學似乎還沒有從昨天的故事中回過神來，剛要開始講，臉上就多了一份昨晚的悲傷。幸好這個情緒沒有停留很久，講著講著，他似乎好多了⋯⋯

就在去年回家跟爺爺講到十幾年前的事情，爺爺提起鬼妓的這一段經歷，我突然想起在學校發生的這件事。只是我在跟爺爺談起這個事情時，爺爺已經多年沒有捉鬼了，而我把《百術驅》積壓在書箱的底部也有數年了。彷彿在同一時間，我跟爺爺突然對鬼失去了興趣，就如一個人很喜歡吃蘋果，並且堅持了很多年，但是突然一天就厭煩了蘋果，看見蘋果就沒有胃口。

爺爺聽我在學校的經歷，他說：「當年的鬼妓和你碰見的這個紅狐都是一個類型的女子，鬼妓是身體受虐，紅狐是心靈受虐。胡紅變成狐狸，則是為了嗅到負心人的氣息，追蹤並逼死他。鬼妓的下身有舌狀的孽障，則是因為男人遺留在她體內的精氣形成，使用那孽障傷害那些曾經傷害過她的人。還有同一個特點，紅狐和鬼妓現形時都首先出現在有柳

122

樹的地方或者柳樹多的地方。」

在十幾年前爺爺專心做鐵門檻的時候，他沒有時間給我解釋鬼妓下身的形成原因。我也沒有問他，我在細細地閱讀縫合在一起的古書。

隨著日曆的一頁一頁撕掉，終於盼到了鬼妓出現的那天。

我和爺爺早晨從家出發，快到中午時到達洪家段，並借住在上次辦壽宴的親戚家。我和爺爺一到洪家段，便有很多人聚集到我們身邊來，詢長問短，議論紛紛。大家都對爺爺抱著的鐵門檻充滿好奇。

我把爺爺拉出人群，問道：「爺爺，鬼妓今天晚上會出現在哪裡呀？我們不可能守住洪家段和周圍幾個村的每一個地方啊。就是她出來了，我們也不一定知道她在哪裡啊。」

爺爺笑笑，不回答我，轉頭大聲向人群問道：「你們這裡哪個地方柳樹最多啊？」

人群立即又將爺爺圍起來，七嘴八舌地說：「柳樹最多的地方啊，要數村頭的矮柳坡了。」

「矮柳坡？」

「是呀，那一小塊地方都是柳樹，沒有一根雜樹，其他的青草都不生一根。不過，那裡的柳樹比別的地方的柳樹要矮一半。」

「哦。」爺爺點點頭，從兜裡掏出一支菸，「來，兄弟，借個火。」爺爺這段時間咳嗽不斷，我和媽媽勸他戒菸，他不聽，但是答應少抽一些。所以，他現在不把菸盒帶在身上，僅僅從菸盒裡拿出兩三根放在兜裡，因為菸盒放在身上的話他一會兒能把菸盒裡的菸全燒掉。

旁邊一人給他劃燃火柴，湊到他的菸頭上。

「為什麼那裡的柳樹比其他地方矮半截？」爺爺吸了一口，吐出一個菸圈。我知道，菸陪伴了爺爺一輩子，這不單是上癮，而是對菸產生了感情，要想戒掉那是特別困難的。

並且我有一個感覺，如果爺爺手裡不拿根菸，我還真不敢相信面前的人就是爺爺。因為這個老巴交的農民瞬間變成深不可測的捉鬼方士，讓我難以相信這是同一個人，而唯一可以證明他是我的爺爺的東西，就是那根常燃不滅的菸。當然，還有那兩根被燻黃的手指。

「為什麼？我們沒有想過為什麼。」被問的人回答，「可能是那裡的土地不肥沃吧，或者是村口風太大，抑制了柳樹的生長？」

爺爺伸出兩根枯黃的手指按了按太陽穴，顯出幾分疲憊，喉結一滾，咳嗽了一聲。爺爺用手抹了抹嘴巴，對我說：「走，我們去矮樹坡看看。鬼妓應該首先出現在那裡。等她一出現，我們要立即制止她，別讓她跑了。」

124

有人說：「我帶你們去矮柳坡吧。」

爺爺點頭：「其他人就留在這裡吧。太多人跟去了怕她不出現。我們怎麼相信你呢？」他旁邊的一個長輩馬上給了他一個嘴巴：「你這個傻子！人家假和尚來你不懷疑，畫眉的馬師傅你卻懷疑。他還是我們這裡的親戚呢，他能騙我們麼？真是個傻子！馬師傅您別在意啊。」

立即有人說：「上次那個假和尚也是這麼說，結果幹出那樣的事來。我們怎麼相信你

爺爺笑笑，對那個主動要給我們帶路的人說：「走吧。」

我們三人很快來到了矮柳坡。矮柳坡其實就在我跟爺爺遇到鬼官的那條道路旁邊，當然離那個岔口還有一段距離。上次我經過這裡的時候，也看到了這個矮柳坡，但是絕對沒有看出這裡種植的都是柳樹。坡度不高的十幾畝見方的地方，長滿了柳樹。柳樹跟我差不多高，怪不得上次經過時我把它們看成了灌木叢。

帶路的人走到矮柳坡前面便停下來。

爺爺丟下燃盡的菸，說：「走進去。」

那人搖搖頭說：「走不去。」

「走不進去？」我驚訝地問，「就這麼矮的柳樹怎麼走不進去？」

那人說：「如果長得高那還好，就是因為矮才走不進去呢。」

「為什麼？」我問。我看著對面的矮柳樹，月亮在柳樹叢上面露出一個圓圓的劣弧，彷彿一個美麗的女子在蒙面的紗布後面看著我們。

那人說：「這裡的柳樹不但長得矮，它的柳條也長得奇怪，挨得近的兩棵樹之間柳枝很容易就纏在一起了，像女孩子的麻花瓣。它們像手牽手一樣圍著這塊位置，一般人根本進不去。去年村裡栽電杆都是繞著走的，想盡了辦法也進不去。」

我看見從村裡一字排出來的電杆走到矮柳坡這裡確實拐彎了，像是要避開這片危險的地方。

「過去看看。」爺爺說，一腳踩在地上的菸頭上，用力地碾磨，之後率先走向矮柳林。

我不屑道：「站著不能過去，爬過去不就得了？」我小時候很頑皮，和其他幾個玩伴在家裡的後山上捉麻雀，追兔子，玩打仗的遊戲，對於爬樹鑽洞跳坎無不精通熟練。

走到矮柳林的周邊，碰到的頭兩棵樹就走不過去。果然如帶路者所說，兩棵樹的樹枝凡是接觸的地方都糾纏到了一起，像是天然的縫紉師將兩棵樹的邊沿縫合到了一起。

面前的矮柳能擋住爺爺的腳步，卻擋不了我的爬行。我當即伏下身來，要從矮柳下面的空隙中穿過去。我剛趴下身子，腦袋立即感到迷糊，胸悶氣短，像是有人踩在我背上。

我根本不能像平時那樣靈活地爬動。

幸虧爺爺就在我身邊，他迅速將我拉起：「傻小子！這麼急幹嘛？」

我一站起來，人立即清醒了。

「你怎麼忘記了？我說了晚上走路都要繞開柳樹，你怎麼能趴下呢。」爺爺發脾氣道。

的確有人說過晚上走路要繞開柳樹，但是不是爺爺，如果是爺爺說的，我肯定不會魯莽地趴下。爺爺就是這樣，很多事情他自己知道，他以為別人也知道或者應該知道。如果別人沒有做到，他就會說：「我說了要你……你怎麼……呢。」從來不管他是不是真的說過。

不過我確實聽幾個長輩告誡過小孩，晚上不要走在柳樹的陰影裡，最好繞開走。但是他們沒有說為什麼要這樣做。

「我剛剛呼吸好重。」我說。

爺爺不滿意地斜了我一眼，說：「那是柳樹的影子踩在你背上的原因。風華正茂的女鬼跟柳樹都有扯不清楚的關係，所以晚上對柳樹要小心些」。我點點頭。

「那怎麼進去？」給我們帶路的人輕聲問道。

爺爺說：「一定要進去。我開始還不敢肯定鬼妓就在裡面，但是現在可以肯定了。並不是所有的柳樹都有女子靈魂的依附，但是亮仔剛剛的反應證明這裡的柳樹不同尋常。我

可以肯定她已經在柳樹中間等待我們了。」

「那我就帶路到這裡了，我不進去了。」那人哆哆嗦嗦地說，「我不會一點捉鬼的方術，進去了只有被害的份。」

爺爺說：「好吧。你先走吧。」

那人聽到爺爺這句話，如同剛要被處死的人得到了皇上的赦免令一樣，轉身拔腿就跑。

咚咚的腳步聲打破了夜的寧靜。

我和爺爺相視而笑。風聲嗚嗚。

「怎麼進去？」我問爺爺，「走也走不進去，爬也爬不進去。怎麼辦？」

爺爺說：「有辦法的。」爺爺放下鐵門檻，摸了摸矮柳。鐵門檻因為只是外面包了層鐵皮，裡面全是木的，所以爺爺並不嫌重，大氣不喘一口。鐵門檻放在地上，由於夜色的原因，它看起來像凹進地面的坑，反而不像突出來的物體，給人造成一種立體的錯覺。

「對她來說，這矮柳只是略施小技。那麼我也略施小技就可以解開它的結了。」爺爺看過矮柳後點點頭，有了把握。

爺爺坐下來，要我把兩張黃紙符放在他平攤的手掌上。爺爺寧聲平息，雙目微閉，張口納氣。這時，雖然耳邊的風還在嗚嗚地響，但是矮柳卻不再隨風搖擺了。我知道，爺爺

128

開始施法了。

我正在等待爺爺解開鬼妓的結時，爺爺突然咳嗽了一聲。矮柳重新隨風搖擺起來。我不解地看著爺爺。爺爺又咳嗽了兩聲。我突然覺得風中的爺爺也像一棵弱柳一樣隨風搖擺，沒有定力。「怎麼了？」我擔心地問。那時，我第一次懷疑爺爺的身體能不能堅持下去。

爺爺原地活動了一下筋骨，又擺好施法的姿勢，說：「亮仔，你給我擺個陣。這風吹得我心神不安。」

「你要什麼陣？」我問。爺爺還未給我古書之前，就教了我幾個簡單的佈陣方法，都是用石頭佈陣，排列順序方向不同就有不同的陣法。

「那個遮罩風的聲音的陣，你還記得嗎？」爺爺問。

24

爺爺曾經跟我說，姥爹教他擺過許多陣法，都是可以幫助他施法的，爺爺都學會了，但是就是記不住各種各樣的陣法名稱。於是爺爺教我時就說，這是遮罩風聲的陣啦，那個

是下盤不穩的時候要用的陣啦。

在我看來，像金庸的小說裡，張無忌舞動雙手大喝一聲：「乾坤大挪移！」或者喬峰身形游移大喊招式的名稱，可是我還是覺得那樣很爽很酷。

可是事與願違，我給爺爺擺陣的時候不能大喝一聲「七星罡鬥陣」，或者「如來拈花陣」，然後慌忙搬動石頭。這令人覺得失望。

那時的我還算年少，盼的就是扮酷，捉鬼也是我想用來在同學朋友面前扮酷的一種。

可是很少人相信，比如我把月季帶到學校在同學面前炫耀，可是同學卻笑話我這個時節月季早開花了，我的月季連個花苞都沒有。

從學校回來後還要被月季在夢中指責一番，它不喜歡人多的地方，那裡讓它覺得燥熱難受。

且不抱怨這麼多，我忙搬來幾塊拳頭大小的石頭按陣法方位給爺爺擺好。

爺爺見我擺好了石頭，說：「待會兒石頭可能移動，你要讓它們保持現在的形狀。聽見沒有？」說完，爺爺深吸一口氣，重新施法。

我在旁邊站定，仔細察看石頭。果然，不一會兒，石頭像蝸牛一樣緩緩移動，在地面

130

留下移動的軌跡。我馬上跑過去將它搬回到軌跡的起點。

其他的石頭也移動起來，速度緩慢。我一一將它們放回原位。

爺爺平攤的手緩緩向胸口抬升。石頭移動速度加快了一些，彷彿爺爺周圍有看不見的力量推動石頭向周邊散開。

我圍著爺爺跑動，將石頭一顆一顆放回來。

爺爺的平攤的雙手抬升到了胸口，他沉喝一聲：「起！」

伴隨著爺爺的喝聲，整個矮柳坡的柳樹都一顫，似乎被爺爺的這一聲吆喝嚇了一驚，整齊地發出「沙」的一聲。

爺爺平攤的雙手繼續向上抬升，高過眉頭。爺爺又大喝一聲：「起！」

柳樹的枝條劇烈地扭動，讓我一時間誤以為柳樹上的枝條是無數條細小的蛇形成。蛇們扭動著身子，從另一條蛇的身體裡擺脫出來，不再纏繞在一起。

柳樹的枝條活了！

它們蠕動，扭動，移動，有意識地要解開那麻花瓣一樣的糾纏。瞬間，我面前的似乎不再是矮柳林，而是堆成一團的蛇群。

爺爺的雙手繼續向上抬升，已經升到不能再升的高度。爺爺再大喝一聲：「起！」

解開糾結的柳條忽然觸了電的頭髮一樣，剎那間，豎立起來！

我目瞪口呆！

所有柳樹的柳條不再是古詩中描述的那樣柔軟可愛，條條輕垂。而是像兇神惡煞的頭髮那樣根根直立，直指蒼穹！柳條像鋼鐵一般堅硬，不動不搖地豎立在我的眼前。

此時，爺爺周圍的石頭顫動不已，像凍得哆嗦的手那樣顫抖。爺爺的身子也開始顫抖。

直立的柳條也顫抖。我驚恐地看著眼前發生的一切，我知道我唯一能幫到爺爺的就是保持石頭的陣形。其他的即使發生，我也無能為力。

柳林中間有股腥味的風吹出來，從我臉上掠過，像剖開的魚發出的味道。我知道那是鬼妓發出的氣味。她現在正在跟爺爺對抗。

突然，爺爺正前方的一塊石頭迅速向前梭行出去。

完了，爺爺的陣形要被鬼妓破壞了！

我來不及多想，迅速飛身向石頭撲過去！

我的身體重重地摔在地上，摔得我差點暈厥過去，首先落地的左手一陣麻木。我的指尖碰到了移動的石頭。我用力的向內一摳，可是石頭還是從我的指尖跑了出去。我來不及爬起來，趴在地上就向石頭拼命地爬。我的手離那塊石頭不到一米的距離。

我努力向前爬行，可是石頭的速度越來越快，而我因為剛才的一摔，行動遲緩下來。

我抬頭一看，直立的柳條緩緩向下垂落，像一把把雨後將收的傘。

我急中生智，抓起身邊的一顆石頭向那顆飛快奔跑的石頭砸過去。石頭相撞，火光在夜色中十分顯眼，如一隻隱藏在那裡的眼睛突然睜開。被砸到的石頭跳了起來，又落下，繼續向前奔跑。

柳樹隨著石頭的跳躍又直立起來，但是石頭落下後柳樹也隨著緩緩垂落。兩棵挨在一起的柳樹又重新開始打結。眼看爺爺的陣法就要被破開了。

我又抓起一塊更大的石頭，朝奔跑的石頭用力砸去。平時捉小麻雀土蠍蠍習慣了，知道如果直接向它撲去是沒有結果的，只有事先瞄準它的稍前方才行。砸那塊奔跑的石頭也是這樣，不能瞄準它，而要砸向它的稍前方一些。

火星四射。

可能剛才選石頭的時候選的是沙質的石頭，奔跑的石頭被砸得粉碎。我連忙起身，就近拿了一塊石頭壓在缺失的地方。陣形恢復了。

柳樹的枝條又成為直立的模樣，像被大風刮翻了的雨傘。我看到爺爺的臉上露出讚揚的笑。我得意地笑了。不過我在心裡告誡自己，這只是我們跟鬼妓的初步較量。要想順利

地捉住她並不是容易的事。

正在這時，風向突然大變。我明顯感到兩隻手按在我的背上，推著我往柳樹深處走。

我扭頭看爺爺，也是這樣。

我努力站定，身子被風推得朝前傾斜，一下站立不住，跌倒在地。爺爺也摔倒了。這時，地面像水面一樣蕩漾起來，「波浪」推著我們繼續向柳林裡前進。我想抓住地面，可是地面沒有任何的雜草。

風越來越大，地面的「波浪」起伏也越大。一個「波浪」撲上了，打在我後背上，疼得我齜牙咧嘴。

爺爺大喊：「抱住頭，縮成團！」

我忙照爺爺說的做，心想完了，這個鬼妓太厲害，地面都能變成泥土波浪。

25

「波浪」推著我和爺爺滾向柳樹林中央。

「你們終於來了。既然有勇氣打開我的柳樹結，那怎麼沒有勇氣主動進來呢？」此話一出，「波浪」立即退去。我跟爺爺掙扎起來。

一個美麗的身影背對著我們，她迎著月亮站立，我們在後面的陰影裡看見她像剪紙一樣的背影，從「剪紙」的邊沿可以看出她身材凹凸有致。如果把時間倒著播放，先經歷紅狐再經歷鬼妓，我肯定會把這個身影聯想成紅狐的身影，也許我會禁不住走上去，將我的手放在她的肩膀上。

「我們鬼中已經熟悉了你的姓名，馬岳雲馬師傅。」鬼妓冷冷地說，「還有你這個小鬼。你們的行動已經引起了很多鬼的注意。」

我又是激動又是恐懼。激動的是自己居然跟著爺爺在鬼中已經有了一定的名聲，恐懼的是不知道這樣是好還是壞。它們是不是已經將我和爺爺的名字傳播開來了？它們是害怕我們，還是懷恨？

月亮照在柳枝直立向上的柳樹上，落在地上的影子卻像一朵朵肥大的菊花。

「今天晚上，我必定要收服你。」爺爺說。我聽爺爺這麼一說，立即也昂首挺胸。

「雖然現在許多提到你們的名字嚇得不行，但是別小看了我。」鬼妓說。她轉過身來面對我們。她居然是裸著身子的！在她轉身的時候，我清楚看見她的身體上一絲不掛，但

是隨著她的轉動，完美的身材在月光中曇花一現，又躲藏在陰影裡了。

「你能解開我的柳樹結，你能解開我的頭髮結嗎？哈哈哈哈……」鬼妓淒厲的笑飄盪在夜空，甚是陰森。她的頭髮直垂到腰間。

她甩起長髮，在月光下如一朵綻開的花。我驚訝地看著她的頭髮漸漸變長，頭髮長到一定長度，卻如柳條一般發出新的芽來，長出新的枝。她變成了一棵柳樹，一棵以月亮為背景的能揮舞自己的柳條的柳樹！

「小心！」爺爺喊了一聲，拉住我躲開突然襲來的柳條。

爺爺大聲唸出一個咒語：「氣行奸邪鬼賊皆消亡。視我者盲，聽我者聾。敢有圖謀我者反受其映！」

一陣火光從鬼妓頭上的柳條末端燃起，直向她的頭頂燒過去。

鬼妓痛苦地嚎叫，恢復成女人的形象。可是頭頂的長髮已經燒盡。鬼妓摸摸頭頂，咬牙切齒道：「你敢燒我的頭髮！從今我怎麼去見人？」

爺爺鼻子「哼」出一聲，說：「妳不是拿妳的美貌去騙取男人的信任麼？我就是要燒掉妳的虛假的外殼。」

鬼妓道：「如果那些男人不是貪戀美色，我的美貌又怎麼能騙得他們的相信？這都是

136

他們自作孽！」

爺爺啞口無言。

鬼妓繼續說：「你看看洪大剛和洪春耕，害得傳香成了什麼樣子？你們人的語言比我們鬼的力量還要兇狠。你怎麼不去消滅他們？你要能早消滅了他們的流言，也就不會讓我趁機殺死這麼多男人了。」

爺爺怒喝道：「莫要狡辯！妳自己經歷的痛苦，卻要把痛苦強加在別人的身上。妳生前做了一輩子的妓女，死後卻還本性不改。妳生前做妓女，害得多少家庭破裂，妳死後要報復，但是妳害死男人的同時，傷害了他無辜的家人，妳知道嗎？」

「不要說了！」鬼妓痛苦地制止道，「不要說了，我不願聽你的大道理，我就要報復，曾經在我身上蹂躪的人。」

「妳害死的人都是曾經跟妳那個……了的人？」爺爺驚訝地問道。

鬼妓點點頭說：「我生前被他們萬般蹂躪，害得我得病而死。所以我來一個一個報復每一個曾經騎在我身上的人。我不想傷害你們，你們走吧，我不怪你們。」

「妳已經害死了這麼多人，現在可以放手了。」爺爺說，「有些人只是一時衝動，妳應該給他們改過的機會。」

「你們自己不走，就別怪我不客氣了。」鬼妓冷冷道。

突然，我們的腳底下伸出兩隻手，分別緊緊抓住我和爺爺的腳。我拼命地掙扎。

爺爺冷靜地說：「亮仔，我們向相反的方向走，她的兩隻手不能超過手臂張開的距離。」

說完，爺爺口唸咒語，努力向遠處走。

我感覺到爺爺身上一股強大的吸引力，要將我拉向爺爺。我知道那是鬼妓施的法，她抵抗不了爺爺的咒語，只好努力把我拉向爺爺，從而使我跟爺爺之間的距離不會擴大。

我的腳底開始滑動。爺爺邊唸咒語邊給我遞了個眼色。我迅速抱住旁邊的一棵柳樹，的兩隻手只能在兩臂的距離之內，她

像在激流中抓住了一棵救命稻草，死死不放。腳底終於停止了移動。

爺爺繼續向遠處走，一步一步，像是在沼澤地行走那樣困難。

月光下，鬼妓的兩隻手慢慢張開來，彷彿是早晨剛從床上起來，要伸一個懶腰。可是這個懶腰看起來是那麼痛苦。鬼妓撕心裂肺地嚎叫起來：「你是要把我的手臂拉斷吧！」

我緊緊抱住柳樹的枝幹，手指摳進了樹皮。我的腳被拉起，整個人已經離開地面，身子懸起來，幾乎平行於地面。

爺爺也走得越來越艱難，如耕田的老水牛。

腳上的手終於用盡了最後一點力量，突然鬆開。我摔落在地，爺爺卻由於慣性，撲倒在地。

爺爺對我喊道：「快跑！」

我顧不得疼痛，急忙爬起來跟著爺爺往柳樹林外面跑。

鬼妓見狀，在我們後面跟來。地面又開始蕩漾起來。我有一腳沒一腳地跑起來，很是不得力。腳有時踩空，使我不容易控制平衡，有時踏得太重，將我的腳板震得發麻。

「踮著腳跑！」爺爺喊道。

我連忙踮起腳，雖然還是有一腳沒一腳的，但是好多了，速度也能快些。鬼妓在後面緊追不捨。

我的兩隻手內側火辣辣地疼，如果再要我抱住柳樹，恐怕使不出勁了。可是這樣窮跑，我也感到支持不了多久。

就在這樣想的時候，腳踝傳來一陣劇痛，我右腳一軟，癱倒在地⋯⋯

26

鬼妓看到我跌倒在地，迅速向我這邊趕了過來。

我翻過身來，面對著鬼妓，用腳蹭地連連後退。鬼妓光著身子步步進逼。

這時，爺爺大喝一聲，一腳將橫放在一旁的鐵門檻踹了過來。鐵門檻在鬼妓的腳前停住，鬼妓絆在鐵門檻上，一跤跌倒。

戲劇性的一幕發生了。

鬼妓驚恐而癡呆地看著絆倒她的鐵門檻，腦袋像鐘擺一樣搖動，眼眶裡盈滿了淚水，喉嚨裡哽咽道：「不，不，不！」

我坐在地上看著鬼妓，不知所措。

鬼妓跪下，伏在地上哇哇的哭起來，那是歇斯底里的哭喊，聲音嘶啞，響徹千里。後來聽村裡人說，他們家爐灶裡的煙灰都被這個哭喊聲震得騰飛起來，滿屋子被蓋上了薄薄的一層。窗戶玻璃當時沒有出現異樣，但是在接下來的冬天，只要你用手指輕輕敲一下，窗戶玻璃立即支離破碎。因為村裡的小孩子喜歡在有霧氣的玻璃上畫小貓小狗，結果那個冬天村裡家家戶戶都沒有窗戶玻璃禦寒。

而在當時，我和爺爺出現了短暫的耳鳴，根本聽不見鬼妓的聲音。我們被她那刺耳的聲音弄得暫時失聰了。

我事先說過，這個矮柳坡離岔口不是太遠。

鬼妓的哭喊一起，岔口那邊慢慢出現了一隊人馬，我仔細看去，正是那晚和爺爺碰上的鬼官。因為耳朵暫時失聰，我聽不見前面兩個小鬼的鑼鼓聲。八抬大轎晃悠悠地走了過來。轎子後面的扛旗執刀的鬼上前來，將鬼妓的雙手反剪，抓了起來。鬼妓仍然哭哭啼啼，軟弱得沒有絲毫的抵抗力，由著它們押下去了。

在這整個過程中，我聽不到一點兒聲響，像是夢中一般，也像是看無聲電影。

轎子放下，鬼官從裡面走出來，笑盈盈地拉住爺爺，邀請他進轎子。爺爺擺擺手，但是鬼官執意要爺爺上轎。他們兩個拉扯半天。爺爺執拗不過，朝我揮揮手，要我一起上去。

上轎之後，我看著爺爺跟斷倪鬼有說有笑，爺爺比我恢復得快多了。我細細觀看這個轎子，它和外面的馬和刀一樣，都是紙做成的。我的手不敢用力撫摸，生怕將紙捅出一個洞來。轎子裡面的支撐構架不是木頭，而是竹篾。照我們那一帶的風俗，人死後不但要給他燒紙錢，還要燒紙屋、燒衣服等等。這些紙屋衣服，都是竹篾和白紙做成的。竹篾紮成一個大概的骨架，然後在上面黏貼白紙，還要用毛筆劃上幾筆，最後就成為可以燒給死人

的紙屋紙衣服。

斷倪鬼的轎子正是由這些組成。風吹到轎子上，還能聽見紙發出的呼啦啦的聲音。

我聽不見爺爺跟斷倪鬼說笑的內容。等過了幾天，我的失聰情況好轉了之後，爺爺才告訴我他們當時聊天的內容。

斷倪鬼先謝謝了爺爺制服鬼妓，讓它好輕鬆捉拿鬼妓。它說它已經跟蹤鬼妓不止一時半日了，但是一直捉不到鬼妓。

爺爺客氣一番。

斷倪鬼說，鬼妓本應受開膛剖腹的刑罰，但是有人給她抵罪，所以只需坐三年水牢就可重回輪迴之中。

爺爺問道，這是為何，誰給她抵罪？

斷倪鬼說，你有所不知。和尚超渡這個鬼妓是有原因的。這個和尚為什麼不親自對付這個鬼妓，而要你出馬？就是因為和尚跟這個鬼妓有一段孽緣。鬼妓生前正是被這個和尚所玷污，從而走上紅塵粉黛路的。鬼妓成為厲鬼之後，一直想找和尚報仇，可是當年的風

斷倪鬼說，香煙寺的那個和尚你還記得嗎？

爺爺問，難道是他？他超渡了別人一輩子，難道死了還要超渡這個鬼妓嗎？

142

流小子已經悔過改新，成為得道高僧了。鬼妓傷不了他毫分，所以一直在香煙寺周圍傷人害命，正是要引起和尚的愧疚之心，讓他心裡難受。和尚也是因為舊事不堪回首，只好對鬼妓躲避不見。正好他碰上會捉鬼的你，於是將此事託付於你，自己先一步歸西了。

爺爺恍然大悟。

斷倪鬼感嘆道，和尚也算功德圓滿，這是每一個和尚所希望的結果。但是因為這件事，他在人世努力的一切都劃歸為零，只能盼得下世重修功德了。

爺爺也感嘆不已。

搖搖晃晃的轎子突然停住。斷倪鬼說，好了，到了你家了。你們可以下轎了。如果有緣，我們還有機會見面的。

爺爺驚訝道，這麼快到我家了？一席話還沒有說完呢。

斷倪鬼說，不信你拉開簾子看看。

爺爺拉開簾子，果然看見家門。一串懸掛在屋簷下的紅辣椒忘記了收回屋裡，如風鈴一般在夜風中搖曳。

爺爺邀請斷倪鬼道，能不能進家坐一坐？

27

斷倪鬼笑道，不了，我還要押著鬼妓早日交差呢。再說了，我怕你家門上的那個。

爺爺順著它手指的地方看去，一塊明晃晃的鏡子懸掛在門楣上。

在這裡，幾乎家家戶戶門前懸有一塊巴掌大小的鏡子。我問過媽媽為什麼這樣。媽媽說，這是驅鬼用的。人死後成為鬼，有的鬼留戀人世，過七之後要回來看一看。看看不要緊，畢竟是家裡的親人，可是這一看可能促使它不願再回到陰間，從而在陽間變成厲鬼。為了防止這樣的事情發生，所以門楣上懸掛一塊明鏡。鬼走到門口要進去的時候，可以從鏡子裡看到自己變成鬼後的可怕相貌，從而自慚形穢，於是返身離去。

我們下轎來，轉身要跟斷倪鬼道別，卻發現它們已經不知去向，清冷的月光中唯有我和爺爺兩個人的身影。

剛回到家裡，奶奶拉住爺爺說：「那次來找你的人又來啦！」

爺爺剛剛和鬼妓較量了一番，累得不成樣子了，不耐煩地問：「哪次來找我的人啊？」

奶奶說：「就是你去洪家段之前來找你的，他家孩子出了車禍的。知道了吧？」

你說清楚點！」

144

「什麼?」爺爺眨了眨眼睛,沒有聽清楚奶奶的話。那是反噬的表現,不過表現很輕微,只是輕微的眼睛看不清和耳朵耳鳴而已。我自己也有些看不清,我還以為是家裡的燈泡蒙了灰呢,正準備叫奶奶用乾手巾擦一擦。不過我的反噬情況比爺爺的輕多了,因為我跟鬼妓直接對抗的時間很少。

「泡碗紅糖水給我喝喝。」爺爺對奶奶說。

奶奶知道爺爺不舒服,忙去廚房拿碗。有這樣一個怪現象,爺爺和奶奶待在一起四十多年了,他們越來越長得像一個人。整體看來,當然一下子能夠分辨哪個是爺爺哪個是奶奶。但是細看鼻子、眼睛、耳朵,都是很接近的模樣。不僅僅這樣,他們的感覺神經似乎也連在一起了,對方的一眨眼一嘆息甚至手指輕輕彈一下都能相互瞭解。

奶奶端來兩碗紅糖水,分別給我和爺爺喝了。我這才感覺到身體是自己的,舒服多了。

「你接著說。」爺爺放下碗,紅色的糖渣留在碗底。

「今天快吃晚飯的時候,那個找你的人又來了。就是你去洪家段之前來找過你一次的人,還記得不?」奶奶問道。

「我不是跟他說了麼?我不管這麼多事。」爺爺說,「靈異的事情我不是說沒有,但是所有人都把一點點意外跟鬼強行拉扯到一塊來,我還不被他們累死?」

奶奶一邊收拾碗一邊說：「他這次來可不是為了他女兒了。」

「不是為了他女兒？那是為了什麼？」我插嘴道。

奶奶說：「他的女兒已經死在醫院了。」

「死了？」我驚訝道。

「有什麼好驚訝的，他說他在來找你的時候，他女兒就在醫院咽氣了。他回到醫院，女兒已經在太平間了。」奶奶說，「他說他女兒傷得太重，活著反而受罪。一個大男人，說著說著就哇哇的哭起來。我都看不下去呢。」

爺爺嘆息一番。我問道：「那他還來找爺爺幹什麼？」

奶奶走到廚房，隔著一扇門說：「他說那個下坡的地方又出了一起車禍，被撞的是個男孩子。」

爺爺點燃一支菸，說：「我講了是意外事故吧。他不是說一年發生一次麼，你看今年就發生兩次。下坡的地方本來就應該注意，它本來就是容易發生事故的地方，自己不注意還跟鬼扯上什麼關係？」

「把菸滅掉。」奶奶在廚房裡洗碗，水弄得嘩嘩地響。「但是呢，那個男孩子也沒有被撞死，現在也在那個醫院呢。那個男孩子的家長拉住女孩子的家長，責怪是他的女兒的

冤魂纏住了他的兒子，要找他理論。」

我說：「就算是那個女孩子的靈魂纏上了他的兒子，可是事情已經這樣了，再吵鬧又有什麼用？」

奶奶說：「那個男孩子的父親說趁著他的兒子還沒有死，要將那個女孩子的墳墓釘起來。」

「釘起來？」我頓時想到爺爺用竹釘釘住簸箕鬼的情景，也想起月季告訴我簸箕鬼已經逃脫了爺爺的禁錮。我想把簸箕鬼逃脫的事告訴爺爺，轉念一想，先聽聽爺爺怎麼處理這個車禍的事情吧。

奶奶說：「是的呀，那個男孩子的父親堅持要把女孩子的墳墓釘起來。說是要用耙齒扎在女孩子的墳頭，才能保住他兒子的命。」耙齒是犁田的農具上的零件，形狀如匕首，水田裡翻土時經常要用到。

爺爺苦笑道：「要釘也不能這樣釘啊。這樣的釘法只能釘成年人的墳，小孩子的墳只能用竹釘。亂釘的話，只怕會適得其反。」

「他哪裡知道這些。於是兩個家長爭論了起來。那個女孩子的家長找到我的時候，眼睛上還青著一塊呢，大概他們倆打架了。他說，他自己的女兒也死了，知道做父親的心情，

誰都不希望自己的子女出什麼意外。他說，他能理解那個男孩子的父親的心情。但是呢，他也不忍心看著自己的女兒死了還被耙齒釘住。

「那倒是。」爺爺點點頭。

奶奶說：「所以他又來找你，請你幫忙。」

「我能幫上什麼忙？」爺爺嘴上的菸頭驟然一亮，又暗下去，接著一個煙圈飄浮在空氣中。

我有些累了，說：「要不明天再說吧。今天折騰得夠累了。」

奶奶馬上將兩隻淋濕了的手往衣服上擦擦，說：「睡吧睡吧。我去幫你們整理好被子。我看你們天天跟鬼打交道，怕你們身上陰氣重，今天把被絮都抱到外面曬了，現在還沒有裝進被單裡呢。你們還多坐一會，我把被子弄好了叫你們。」

十幾年前的農村一般都用的五瓦的白熾燈，光線黯淡。我和爺爺在昏暗的燈光下對坐著，爺爺的煙燻得我的眼睛癢癢。

「你怎麼看這件事？」爺爺彈了彈菸灰，問我道。

148

28

「要說在同一個地方每年發生一次車禍，確實有些怪異。可是今年卻發生了兩次。所以我也不知道能不能信。」我說，「爺爺，你怎麼看呢？」

爺爺說：「我也不知道啊。」

「你也不知道？」我心想，我不知道是因為碰到這樣的事情少，情有可原。你吃的鹽比我吃的飯還多，也會不知道？

爺爺看著我質疑的表情，兩手一攤，說：「我怎麼就不可以不知道？第一，我沒有去那個下坡的地方看過；第二，我沒有見那個小孩子一面。我憑什麼就必須知道？」

我一想，也是。於是我忙收起質疑的表情，換一個笑呵呵的表情問道：「爺爺，那你說怎麼辦呢？如果不是鬼造成的那還好，就怕萬一是鬼造成的，我們總不能視而不見吧。」

這時奶奶在房裡喊道：「被子鋪好了，你們爺孫倆睡覺吧。」

爺爺朝房裡擺擺腦袋，說：「先睡覺吧。今天虧你把那塊跑掉的石頭砸碎了，不然我鬥不過鬼妓呢。累了吧，好好休息下。這個事明天再說。」

第二天，我迷迷糊糊正要起床，聽見爺爺正在和一個人談話。於是我坐在床上，聽他

們所談的內容。

「馬師傅，您就幫幫我吧！」那人哀求道。

爺爺說：「你別急，慢慢講。到底怎麼了？我老伴說了，你昨天來找過我。但是我昨天在洪家段，沒能碰到你。」

那人說：「我女兒昨晚給我托了一個夢，說她的墳頭扎了一個耙齒③，扎得她痛得死去活來，翻不了身。她還說了，叫那個男孩子的家長不要怪她。她還沒有到找替身的時候，她要到明年的這個時候才可以找替身。所以那個被車撞到的男孩子不是她害的，要那個男孩子的父親別把耙齒扎在她的墳頭。冤有頭債有主，但是別找錯了。」

「真有此事？」爺爺疑問道，「常言道，日有所思夜有所夢。是不是你老擔心人家把耙齒扎在你女兒的墳頭上，做夢就夢到了？」

那人口裡嘶嘶的吸氣，說：「那倒也有可能。但是那個男孩子的家長老糾纏我，也不是個辦法。」

爺爺說：「不管這些。我們現在去你女兒的墳頭看看，如果真有耙齒，這夢就是真的。如果沒有，那我也幫不了你。」

「我也要去。」我連忙從床上爬起，胡亂穿上衣服鞋子就跟著一起出了門。

150

我們三人一行去了他女兒的墳墓上。這是一座新墳，墳上的長明燈還好好的。新土還

有濃厚的泥土氣息。

我們三人圍著墳墓看了又看，沒有找到耙齒。

「難道真是我多想了？」那人用寬大多繭的巴掌摸摸頭頂。

我們正要離開。爺爺說：「等等，我掐個時算算。」爺爺閉上眼睛，用大拇指有規律

地點點其餘四個手指頭，不大一會兒，爺爺睜開眼睛，對那人說：「你上墳頂上看看。挖

個三指深的坑，就可以看到耙齒了。」

那人半信半疑地走到墳頂，撥開還沒有緊實的新土。我在墳邊期待地看著那人的手。

爺爺則頗有勝算地坐在一塊扁石頭上，迎風瞇著眼睛。

「沒有哇。」那人停下挖土的動作，對爺爺說道。

爺爺伸出一個食指，說：「三指的深度。你挖到了嗎？」

那人也伸出一個食指，在墳頂的坑裡量了量，說：「哦。還沒有到三指的深度呢，這

坑看起來像是已經有了這麼深，用手一量卻還沒有呢。」

爺爺問道：「有菸沒有？」那人用小臂蹭出菸盒，拋給爺爺。

3. 耙齒：管狀殼的窄小瓣由許多被深究而突出的槽分開的脊骨組成。兩瓣合攏處易碎的末梢很隱蔽，其目的或許是防衛食肉動物。

那人又挖了一會兒，說：「這裡的土緊實些了，難挖。」

爺爺說：「那就對了。」

「怎麼對了？」我問道。

爺爺說：「新埋的墳，墳頭上的土都是稀軟的。他挖到了緊實的土，那就說明有人在這裡釘了耙齒，把土壓緊了。那人怕別人發現，所以在緊實的土上加了些鬆土做掩飾。但是那人沒有想到這個女孩子會托夢給她爸爸說明了。」

爺爺的話還沒有說完，那人就大叫：「果然有個耙齒，真他媽的狠心！我的女兒受了冤枉苦了。」那人舉起手來給我和爺爺看，一把鏽跡斑斑、黏了些泥土的耙齒在他的手中。

他的手在輕輕顫抖。

爺爺沉默了好一會兒，點點頭說：「好吧。我幫你。」

那人在一處池塘邊洗了洗手，就帶我們一起去醫院。從上次我和爺爺遇到鬼官的岔口往右邊的路走兩三里路，就到了醫院。這個醫院條件不怎麼好，牆上的石灰剝落，窗戶的鐵條鏽跡斑斑。醫院的中間是一個小型的花亭，但是荒草叢生，花種雜亂，疏於打理。

「那個男孩子在二樓。」那人說。

醫院的住院部是個簡單的兩層樓，樓梯狹窄不堪，梯級高得要努力抬腿才能上去。梯

級旁邊的護欄很髒，站不穩的時候都不敢抓住它來保持平衡。

我心想，醫院都破成這樣了，病人住在這裡能舒服麼，病人能信任這裡的醫生麼？至少要派個人把髒的地方打掃一下嘛。

走到二樓，朝左一拐，進第五個病房。一個五六歲的男孩子躺在白色的床上，他的旁邊趴著一個男人，應該是他的父親。他的父親鼾聲如雷，那個男孩子居然在這樣的鼾聲中也能入睡。

「要不，等他們醒了我們再進來？」那人把嘴巴湊到爺爺耳邊問道。他的指甲間還有沒洗淨的泥土。

爺爺點點頭，向我示意出去。

我們輕手輕腳地走出來，把門虛掩，又從那個一點也不人性化的樓梯走下來。我們見沒有別的地方可以休息，於是走到荒草叢生的花亭，稍微擦了擦水泥做成的凳子，坐了下來。屁股一陣冰涼。

太陽還沒有出來。晶瑩剔透的露水懸在雜草葉的末端，墜墜的要滴下來。露珠裡倒映著我們三人變了形的影子。

「你的女兒還沒有……」爺爺歪著頭說，「呃，呃，……也是在這個醫院？」說完，

爺爺伸手往口袋裡摸菸。

29

那人嘆了口氣，緩緩地點頭。他從自己口袋裡掏出一支香菸遞給爺爺，說：「你的衣兜像熨斗熨了一樣平，哪裡能掏出菸來咯！」

爺爺尷尬地笑笑，接過他的香菸。

點燃了菸，爺爺問道：「您可能不知道，但是住在那一塊的人都可以證明。他們每年的這幾天都會看到血淋淋的車禍。他們傳言鬧鬼已經很久了，只是沒有臨到他們的身上，他們誰也不敢插手。」

那人點頭：「您確定每年這裡都出一次車禍？並且都是這幾天？」

爺爺說：「那這幾天卻出了兩次車禍，你說哪個是這件事裡的，哪個不是這件事裡的呢？」

那人說：「如果這兩次車禍發生的時間距離再遠一點，我就知道了。可是這兩次車禍

發生的時間太接近，我也不知道哪個是哪個不是。

「這也是個問題喔。」爺爺抿嘴想了片刻，「既然哪個是哪個不是都分不出來，我怎麼幫忙呢？查不清楚來源，我是沒有辦法幫你的。」

我插嘴道：「那就按照都是的來辦。」

「怎麼按照都是的來辦？」爺爺問道。那人也拿詢問的眼睛看我。

我說：「這應該和水鬼的事情是一樣的，都是找替身。這是很明顯的。是吧？」爺爺點點頭，表示贊同。鬧水鬼在這一塊地方已經不是鮮聞，那人也點頭表示意見一致。

「那麼我們就按找替身的事情辦，如果那個樓上的男孩子還不好，就證明他是例外；如果他好了，證明他才是這個事情中的受害者。但是你的女兒，」我把眼睛對著那人說，「我們就不知道為什麼了，或許與這個不相關。」

「那就不用打擾樓上的那對父子了。你女兒是什麼時候出事的？」爺爺問道。

「上學時，大清早。」那人又補充說，「那個樓上的男孩子也是大清早出的事。」

爺爺點頭說：「早上路滑，出事的情況多一些。」爺爺站起來，拍拍屁股，說：「我明天早晨在出事的地點置肇一下。置肇完了，就知道是你女兒還是樓上的男孩子與這件事有關了。」

那人急忙問：「如果我女兒是另外的原因，那怎麼辦？」

爺爺說：「那時候再看吧，走一步是一步，好不？」

「誒，誒。」那人忙不迭地鞠躬點頭。

「我還需要你配合一下。」爺爺對那人說。

「有什麼就吩咐，只是如果我女兒跟其他事情扯上關係的話，還請您再麻煩幫幫忙。」

好不好？」

「行。」爺爺簡單乾脆地回答。

於是，爺爺跟那人如此這般交待了一番。然後我們分道揚鑣，各做各的準備。

我和爺爺回到家裡。爺爺在後園裡剎了根竹子，削了幾根竹篾，紮成一個人的形狀，然後在竹篾上麵糊上白紙，找鄰家討了碗雄雞的血淋在紙人上面。

「好了。」爺爺說。他把血淋淋的紙人用細麻繩懸在堂屋的角落，像一個吊頸鬼。奶奶怕嚇著別人，找了件蓑衣給它蓋上。

如果真是個吊頸鬼，我還不怕。但是這個紙人讓我心裡微微發顫，吃飯的時候總分心，轉頭看看那件蓑衣，總覺得那個紙人在蓑衣下面做小動作，或者偷偷地看著我們。

這天晚上，我又夢見了尅孢鬼。它的嘴唇乾枯得起了皮。它向我討碗水喝。我說，我

156

在夢裡呢，給你一碗水喝了也是沒有用的。

小時候的我也有搞笑的時候，有時媽媽不給零花錢，夢裡就夢到自己面前有大把大把的五毛的一塊的錢幣。同時，我也知道這是在夢裡，等一醒過來這些錢就都沒有了。於是我想了個辦法，把錢緊緊地攢在手心，不讓它溜走。那時幼稚的我心想：這樣從夢回到現實的過程中，錢沒有任何機會離開我的手。

可是每次醒來都很失望。

後來再想想，先把錢換成糖果，那不就好了？於是夢中的我拿著錢去小賣店買零食。

可是小賣店的阿姨說，你這是紙，不可以買東西的。我將阿姨退回的錢拿起來一看，原來是我做家庭作業用的草稿紙。

第二天我醒來，記起昨晚的夢，才知道這幾天待在爺爺家，沒有給月季澆水了。難怪它說口渴的。我決定辦完這件事後立即回去給它澆水。

我和爺爺沒有吃早飯就去了約定的地點。

爺爺見那人手裡也抱著一個紙人在那裡等候，大吃一驚：「你怎麼也弄了一個？昨天不是跟你說了，我弄這個紙人，你去叫輛車嗎？」

那人說：「我女兒昨晚給我托夢了，說她的死是因為另外的事情。在坡上面那個橋的

地方，曾經有個工程師被吊起的水泥板壓死了，所以找了我女兒做替身。」

爺爺一拍腦門，說：「哎喲，我怎麼就忘記了這個事呢？」

我忙問：「怎麼了？你也知道嗎？」

爺爺說：「怎麼不知道呢？去年這個橋壞了，村裡叫人來抬預製板，吊車吊起的一塊水泥板突然脫落，把他給砸死了。當時一個外地的工程師在橋墩下面測量，吊車吊起的一塊水泥板突然脫落，把他給砸死了。」

我說：「這些天你夠忙的了，哪能想到這麼多？」的確，這些天爺爺沒有消停過，跑到鄰縣治梧桐樹精，回來又捉鬼妓，中間還有雜七雜八的事。我都有些暈頭轉向了，連給月季澆水都沒有時間。

我真是老糊塗了，怎麼就沒有想到這個事呢。

爺爺說：「對了。要你叫一輛車過來的，怎麼沒有看到車？」

那人為難地說：「您自己也不想想，哪家的車願意幫這個忙啊？萬一人家的車以後出了什麼事，還要找我麻煩呢。」

我迷惑地問道：「找車幹什麼？這個肇還要用車麼？」

爺爺並不回答，他問那人說：「那你這個紙人有什麼用？」

那人說：「我女兒告訴我了，說要把這個紙人埋在橋下面，再用水泥板壓在上面就可

以了。」

我笑道：「難道你要在橋上拆一塊水泥板嗎？」

那人說：「我女兒告訴說，原來砸死那個工程師的水泥板在橋的左面五十多米處。現在上面蓋著草垛，揭掉草垛就可以看到了。」

30

我不相信：「有這樣的事？」

爺爺說：「走。去看看就知道了。」

我們一起走到龍灣橋，順著橋左邊的一條小道走到橋底下，然後踩著田埂走了五十多米，果然看見一個高高的草垛。我們圍著草垛看了看，沒有發現水泥板。環顧四周，再沒有別的草垛。

「翻開草，肯定在裡面。」爺爺說，率先抓起一把草丟開。我們跟著動手。稻草雖輕，但是經過雨水夜露的浸潤，變得又濕又沉。才提開幾把稻草，我就累得滿頭大汗。好在爺

爺和那人是幹農活的好手，不一會兒，草垛就被拆開了。

那塊水泥板露出了它的面目。因為它是從橋上斷下來的一截，所以不長，一米多點兒。水泥中的鋼筋伸出來很多，斷開處的鋼筋彎成鉤狀，像一個奪命的爪子。上面蓋著一層黑色的瀝青，下面的水泥掉了一些。

我們三人費了九牛二虎之力，抬了不到半分鐘就扛不住了，慌忙放下水泥板，大口大口地喘息。

我喘著氣說：「這，這恐怕，恐怕是不行。我們三人，不，不可能把它抬到橋下面去。

那人雙手撐腰，張開嘴拼命地呼吸。他聽我說了，揚起一隻手揮了揮，說：「別說你，我都快累，累死了。」

爺爺說：「抬不起我們就翻吧。」

就是我都不行了。這田埂也不好走。」

「翻？」我和那人同時問道。

「嗯。我們抬起一邊，把它翻過去，然後抬起另一邊又翻過去，像人翻筋斗一樣。知道不？」爺爺看看我，又看看他。

我們照著他說的做，果然輕鬆多了。爺爺有些得意地說：「亮仔，爺爺真是經驗豐富。

160

你不知道啊，你奶奶生病的那段時間，我一個人在田裡打穀。打完了穀不知道打穀機怎麼弄回去啊，於是我把打穀機的兩頭綁上稻草，就一路翻了回來。哈哈，你奶奶聽見外面響動，磨磨蹭蹭地走出來一看，咦？我和打穀機都回來啦！」

我們跟著哈哈大笑。

爺爺接著說：「你奶奶不相信我能一個人把打穀機搬回來，就問我，喂，岳雲啊，你怎麼把打穀機搬回來的啊？我就說，我在路上遇到了三個鬼，我要它們每個鬼抬一角，所以就抬回來了啊。哈哈哈哈。」爺爺的笑很燦爛，感染了我們兩個人。剛才陰晦的心情拋到九霄雲外去了。

我們三人笑得更厲害了。

爺爺笑道：「你奶奶說，鬼才相信呢！」

我問爺爺：「那奶奶相信了沒有啊？」

回想那段時光，雖然捉鬼是比較隱秘危險的事，但是我和爺爺一直心情比陽光還燦爛。

也沒有什麼壓力，簡直可以說是無憂無慮，用爺爺的話說就是——我們盡力幫忙，能幫就幫，幫不了也沒有辦法。我在學習上也是這樣，能學多少就學多少，學到什麼程度就什麼程度。老師再逼，父母再急，我也沒有辦法。

甚至當時都沒有想過要上高中，在當時我的概念裡，九年義務教育④完了，上不上高中關係不是很大。但是呢，我還是以最大的能力去學習。我覺得，那時是我最好的學習狀態。

哪像後來，高中考大學時緊張得全身的神經繃緊了，想來大學畢業找工作時也將是壓力重重。

我就在那樣的學習狀態中，順利地進入了高中。幸好，我喜歡的那個女孩子也進入了同一所高中。

所以說，我寫起過去跟爺爺捉鬼的時光，真是百感於懷。懷念的一半情緒應該是悲傷。

我們三人將水泥板翻到橋下。那人找了一個不大不小的坑，將紙人放在裡面，然後說：

「來，幫我把這個水泥板壓在上面。」

於是，我們齊喝一聲，將水泥板重新抬起，蓋在紙人上面。

那人拍拍手，低頭看了看，說：「這裡還露出了一點呢。」

我們幾個從河邊撿了幾塊大石頭掩蓋露出的部分，然後在田埂邊挖了些稀泥拍在石頭上。

一切都按照他女兒交待的弄好了。爺爺指著丟在一旁的另一個紙人，說：「好了。現在我們來處理它了。」

162

我們三人從原路返回到橋上，又往下坡的地方走了一段，來到出車禍的地點。爺爺將紙人放在路上，然後快速地跑回路邊，對我們說：「快快，我們躲起來。」

「幹嘛要躲起來？」我問道。

爺爺說：「如果我們站在路邊等車來碾過紙人，司機就會發現我們的企圖。車就會繞過紙人的。快，找個地方躲一下。」

我們慌忙找了棵大樹，躲在樹後面，偷偷摸摸的像遊擊隊。

很快，來了一輛小轎車。我在樹後面緊盯著那輛小轎車，心裡祈禱：「快軋過去，快軋過去。」可是那輛小轎車在紙人前面停了下來。司機搖開車窗，探出頭來看了看四周，再看了看地上的紙人。他把方向盤一擰，繞過紙人走了。

我們嘆氣一番。爺爺安慰道：「別急別急，前面又來了一輛車。」

前面來了一輛高速行駛的貨車，它毫不猶豫地從紙人身上軋過。貨車離開的時候還拽出紙人好遠。爺爺罵道：「你看這人怎麼開車的，如果真是個過路的人都要被他撞飛了。」

那人笑道：「您還有心思罵司機喲，快把壓扁的紙人收起來吧。」說完，他自己先跑了出去，將那個紙人抱了起來。

4.九年義務教育：中國依照法律的規定對適齡兒童和青少年實施的一定年限的強迫教育的制度。中國義務教育法規定的義務教育年限為九年。義務教育具有強制性、免費性、普及性的特點。

那人的笑讓我很震驚，同時又不覺得意外。好像有這樣一個說法，剛剛失去至親的人時，活著的人不會立即覺得很悲傷。他的腦海裡保存著的是親人活著時候的資訊，短暫的時間裡不會有很強烈的悲痛，等一切寧靜下來，他才會感覺到親人確實離開了，他才會悲傷得無以復加。

多年後，我在聽到奶奶去世的消息時，就親身體會了這種感覺。

路邊的土質很鬆，爺爺找了根木棒，在軋扁紙人的地方挖了一個坑。那人將紙人放進坑裡。我們一起將挖出的土填進坑裡。為了不引起路人的注意，我們將土稍微踩了踩，弄成跟平時沒有差別的樣子。爺爺還特意撿了一些樹葉撒在上面。

此事過了不兩天，那個男孩子就康復出院了。那個女孩子的父親再也沒有來找爺爺。

「其實這個故事說明了普遍存在的比較心理。俗話說，人比人，氣死人。如果一個人感嘆自己的生活慘澹，那麼勸慰他的人要說自己比他還不如，比他還要慘澹好多倍。那個人才會緩解心中的怨念。」湖南同學最後總結道。

我點頭說：「對啊。這個紙人就充當了勸慰的角色吧。如果我們現實生活中每一個有怨念的人都能找到一個這樣的『紙人』，那就好了。」

報應

故事 請到下

31

又到午夜。

零點整。

牆壁上鐘錶裡的三個指針疊在了一起，像是預謀著什麼神秘的事情，又像在舉行一種宗教儀式。

宿舍裡的同學們一個個翹首期待，像是一群被人捏住脖子提了起來的鴨子。

「你們相信這個世界上有報應嗎？」被這群「鴨子」圍住的湖南同學笑了笑，問道。

「報應？」眾人反應不一，有的點頭，有的搖頭。

湖南同學用深沉的聲音緩緩說道：「我今晚要講的詭異故事，就是與報應有關的。在民間傳說中，報應分為三種——限時報、現世報、來世報。如果一個人所造的惡業立即達到了被縮短壽命的條件或被降災的條件，稱限時報。如果一個人做的惡事不夠多或不夠大，達不到被懲罰的條件，所以沒有限時報應；但經過時間的推移，惡事積達到了被處罰的條件了，惡的報應就來了，這稱作現世報。一個人做的惡事或好事不夠多也不夠大，達不到限時報的條件，也達不到現世報的條件，所以只能等到來世報應，這稱作來世報。」

說完這些，湖南同學開始了他的詭異故事……

我從爺爺家回來，百無聊賴了許久。也不知道為什麼，月季也很少進入我的夢鄉。不過我從未間斷地給它澆水。日子雖然寧靜了一些，可是我的心裡老有一種怪怪的感覺。特別是那個逃脫的簸箕鬼，我不知道它什麼時候會來報復我和爺爺。

這段時間裡，我經歷基測，順利地升入高中。雖然我從來沒有想過完成九年義務教育後還要接著讀書，但是既然已經收到高中的通知書，未免要憧憬一番。我們初中沒有圖書館，所以，我最期盼的莫過於高中的圖書館了。

高中的學校離家比較遠，並且學校實行封閉式管理，規定一個月才放一次假。因此我跟爺爺在一起的時間比較少了。《百術驅》我一直帶在身邊，不過我不讓其他同學看見，只在睡覺前偷偷看一點，並且看的時候要拿另一本書覆蓋在外面。這樣，如果同學問起，我就說我在看另外的一本書。因為爺爺交待過，這書不能讓其他人隨便看，萬一別人粗心地模仿，將會造成很嚴重的後果。

當然，《百術驅》每天只能偷偷看一點點，更多的空餘時間是泡在圖書館。但是頭一次進圖書館就把我嚇得夠嗆了。

那時我最喜歡看世界名著。圖書館裡的世界名著都是比較舊的書，書頁很容易脫落。

一個下午，我在圖書館逛了半個多小時，才借了兩本書。從圖書館出來的時候，一不小心手中的書滑落在地，書頁從中脫落出來被風吹散了，我連忙去追趕被吹得到處都是的淺黃色書頁。

才跨出兩步，背後就傳來一聲痛苦的尖叫，緊接著是幾個女生受了驚嚇的尖叫。我撿起停止翻滾的書頁，轉過頭來，風把一股難聞的腥味灌進我的鼻孔。接著刺眼的猩紅讓我感覺地球在高速旋轉，我差一點兒跌坐下來……

其實在圖書館大廳的時候，我就莫名其妙地忐忑不安，彷彿有什麼東西跟在後面。我的心理暗示一向很靈準。圖書館的大廳死一般沉寂，門口的管理員趴在桌子上睡著了。桌子、椅子、吊燈、字畫都在它們應該在的地方，看不出有什麼異樣。它們也知道那個東西的存在，但是它們說不出來。

有什麼東西在跟蹤我？

這麼一想，我的腳步慌亂了，加快了速度向大門走去。身體突然一陣劇烈地搖晃，失去平衡。我的腳居然絆上了平鋪在地面的紅色地毯！我跌倒了，手擦破了一塊兒。就在這一剎那，我感覺那個東西趁機趕上了我。

我用力抱住頭，地球的旋轉緩了下來，過了好久才漸漸穩定。

我本來以為這樣就沒有事了，沒想到走出門來，那個東西還是緊追不捨。

我扭頭一看背後，一個巨大的石球壓在一位陌生男同學的身上，旁邊幾個女生睜著因害怕而放大的眼珠。被壓住的那個男生張著嘴想呼救，但是發不出任何聲音。手和腳正用力地抽搐。血水像一條條鮮紅的舌頭漸漸將那白色外衣上的蠟筆小新圖案吞噬。

剛進這個高中時，我就仔細地考察了圖書館的周圍。這是學校的象徵性建築之一。大石球的半徑有一米多，底下的方石大小跟它差不多。從五十年前建校起，它們就在那裡了。聽學校年長的老師說，建校後招收的第一批新生中就有一個男同學被大石球壓死了。後來經過調查知道壓死的時間是半夜，但為什麼好好的石球會滾下來仍然無法解答。

而今，它穿越了五十年的光陰，穿過無數小鳥嘰嘰喳喳的早晨，穿過無數被夕陽染紅天際的傍晚，穿過無數萬家燈火寧靜安祥的深夜，毫無阻攔地滾了下來，奪去了又一個年輕的生命。

那一時刻，我感覺那石球是向自己滾過來的，要是再晚一秒鐘，倒下去的就會是我自己。我心中暗想，難道是我哪裡衝撞了不乾淨的東西？

我慌忙用眼睛在周圍掃描，似乎在尋找一件方才丟失的東西，但是沒有找到。我知道那個東西沒有完全離開。它像一個攻擊失手的狙擊手，遠遠地躲在難以發現的角落，死死盯住它的目標，等待下一次機會給我以致命的傷害。難道是簸箕鬼追到這裡來了？

大石球太重，許多人只能圍觀，卻想不出救人的辦法。有經驗的老人說不能滾動石球，只能搬開。不這樣的話，可能碾碎傷者的骨頭及內臟，情況會更加糟糕。可問題是石球是幾個壯漢就能輕易搬動的嗎？況且這裡沒有適用的工具。

等到急救車「嘀嗚嘀嗚」趕來時，傷者已經沒有了呼吸。附近的建築工隊聞訊趕來，才用專門的工具移開了石球。

可是一切都晚了，死者已經如同一隻被人用皮鞋踩暴了肚皮的青蛙一般趴在那裡。

我清晰地記得，那天的風包裹著刺骨的冷氣。幾名醫務人員將死者放上擔架，蓋上蒼白得無力的單布。大概是肚皮的位置滲出黃油般的液體，沾濕了單布。所以遠遠看來像一朵秋菊，病態的秋菊，失水的秋菊，懨懨的，不小一塊紅色，那是血。

風又起了，布單好像一塊起了波瀾的水面，起起伏伏，彷彿布下的人因睡在擔架上不太舒服而扭動身軀，在尋找一個比較舒適的姿勢，或者是風太冷了，布下的人因沒有頹廢的。風又起了，布單好像一塊起了波瀾的水面，起起伏伏，彷彿布下的人因睡在擔架上不太舒服而扭動身軀，在尋找一個比較舒適的姿勢，或者是風太冷了，布下的人因沒有了體溫而想緊緊裹住單布，不要讓僅剩的熱氣溜走。

死者的一隻手從擔架上滑落下來，在醫務人員的跑動中左右搖晃。這使我覺得那人並

沒有死，或許他的臉正在單布下做淘氣的鬼臉，嘲笑大家瞎忙呢。

回到寢室，我仍心有餘悸，一閉上眼睛就浮現大石球向我撲來的勢頭。我覺得那石球

是在方石上等著我的，等了風風雨雨的五十年。

32

媽媽跟我說過：今年你五行缺水。水牛離不開水，所以今年要注意一些！

媽媽還特意給我算了個八字。算命先生聽了我媽媽報出的生辰八字後，大吃一驚，說

什麼「苦牛過冬」，過冬的牛只能吃枯草，今年一定有什麼災難禍害的。我媽媽連忙去土

地廟求得一塊紅布，說是護身符，強迫我天天揣在身上。我把它丟在書包裡後從來沒有碰

過。

當天晚上，我做夢了。

夢裡的風是又緊又冷的。我站在圖書館那個象徵性建築前面。白天的一幕重複了，大

石球滾了下來，壓住了那個男生。我忙跑過去，企圖掀開石球救出傷者。可是無論怎樣，石球像生了根一般不動。我累得倒坐在地上呼呼地喘氣。旁邊有許多行人經過，其中有那天受驚的幾個小女生，但是所有人都面無表情地走過，彷彿沒有見到黏稠如同蜂蜜的血，汩汩流出。

「呵呵呵……」石球下的人竟然笑了，聲音比較蒼老，與死者年齡相距甚遠。我一驚，注意到他的嘴巴並沒有動。

「欠我的債，難道你不想還嗎？」死者撲地的臉抬了起來，蒼白如同那天的布單。眼睛鼓鼓的，似乎要將裡面的眼珠迸射出來，將面前的我擊傷。

我顧不上爬起來，用後腳跟使勁兒地向後挪動。

「你到現在還想逃脫，不肯還我的債嗎？」死者向我伸出染紅了的手。

「不！不！」我大呼。

寢室裡的同學將我推醒，說：「亮，你做夢了？」

我睜開眼來，滿臉的汗水。

如果，不發生那起自行車事件，我是不肯天天揣上那塊紅彤彤的護身符的。石球壓死第二個學生之後，學校終於決定移走石球和方石了，一是避免那件事在學生的心裡留下陰

172

影，二是那條路上行人較多，防止類似的悲劇重演。

我到現在還記得，那輛自行車是從同班同學尹棟那裡借來的。整個下午沒有課，我決定去校外買一件羽絨服過冬。尹棟嚷著一個人在宿舍無聊得很，也要跟著去逛街。因此，我載著尹棟出發了。

雖然那條必經之路上已經沒有石球了，但我仍覺得心裡惶惶的。這時對面駛來一輛自行車，車上是已退休的老校長。據我回憶，老校長的表情一直是怪怪的，當車子撞到一塊兒時，老校長的臉扭曲得變了形。

兩張自行車相距比較遠時，我已經感覺到車龍頭⑤鏽死了一般不聽控制，似乎有一股推力從後而來，車子加速。老校長也在使勁扭車龍頭，但是終於沒有扭過來。兩輛車還是撞在了一塊。

奇怪的是，老校長的臉居然沒有直面我，他的眼睛繞過尹棟往更遠處看，彷彿車後還有一個人似的。然後自行車和人都倒下了。老校長和我慌忙爬起來，我連忙向老校長道歉，轉過身來，看見尹棟還趴在那裡。

我看見尹棟時不禁倒抽一口冷氣。他跌倒的姿勢與那天那男生被石球壓死時一樣，撲

⑤車龍頭：車把手。

地的頭、抽搐的手足……

老校長在我背後看到撲地的尹棟，驚恐得連連擺手後退。眼睛鼓鼓的，似乎要將眼珠迸射出來。真正促使我天天揣上紅布的倒不是尹棟的受傷，也不是古怪的自行車，反而是老校長當時的眼睛。我每次回想起來都毛骨悚然。

老校長盯著匍匐的尹棟，我盯著老校長，都停頓了幾秒，然後一齊如夢初醒，慌亂的將尹棟抬起來向校醫院跑。

採取了一些急救措施後，尹棟的呼吸平穩了。醫生檢查完尹棟的胸腔，接著要檢查後背。

尹棟掙扎著不肯。

我安慰道：「沒事的，醫生就是做個簡單的檢查，沒什麼大不了的。」

尹棟搖搖頭，微弱地說：「我一翻過身來就覺得背上壓了重物，氣都喘不過來！」老校長聽到這句話，臉變得更加蒼白，彷彿被污染的河流中死魚翻過來的魚肚皮。

「來，這位同學，我想單獨跟你談一下。」老校長手拉著我說。我感覺到他的手冰涼，並且激動得顫抖。

老校長把我拉出醫務室，給我講述了一個與他相關的故事。

174

五十年前，這學校接收的第一批新生中，有兩個很要好的朋友。他們都是以非常優秀的成績考到這裡來的。高中的教學模式和初中不同了，因此，有一部分原來閃閃發光的學生開始黯淡了；有一部分卻發出比原來更耀眼的光芒，讓其他人頓生妒忌之意。當妒忌沒有處理好時，它就很容易變為不合理的仇恨。

開學不久，朋友甲左右逢源，呼風喚雨，星光閃耀。而原來處於鮮花與掌聲之中的朋友乙卻默默無聞。每次他倆一起出去，總有這個或者那個跟朋友甲打招呼，或者朋友甲向那個這個打招呼。而朋友乙的嘴巴上像掛了一把鎖似的。因此，乙覺得自己是甲的陪襯。

乙暗暗在學習上用功，發誓要在分數上超過甲。並且，朋友甲今天要參加一個什麼會議，明天又要交什麼彙報，乙在時間上佔有很大的優勢。朋友甲感覺到了他倆之間出現了問題，想找乙出來好好談談，可是每次看到乙努力學習的身影，又不忍心去打擾他。

在學校的考試總結大會上，朋友乙獲得了三等獎學金，而甲獲得了一等獎學金。乙心裡不平衡了：他學得比我少，憑什麼分數比我高呢？甲笑著向他道賀，他理解為嘲笑和挑釁。特別是聽到別人說「他能得到三等獎學金，還不是因為那個得一等獎學金的朋友的輔導」時，他就很得咬牙切齒。

仇恨長久的積壓，使得朋友乙的心理扭曲得變了模樣。終於，在一個夜晚，朋友甲應

約來到那個不太顯眼的大石球旁，等待著與乙重歸於好。石球在甲身後動了動，滾了下來……

老校長說：「五十年來，我常常夢見石球轟轟地向自己滾來，我跑到哪裡，石球就追到哪裡。今天你的同學趴在地上的姿勢，與我的朋友死去時一模一樣。當時我誤認為是他來找我了，向我討要生命債。」

33

「那他為什麼現在才來呢？以前卻沒有這樣的怪事？」我腦袋裡滿是疑問。

「說出來怕你不會相信。我在本校任校長多年，但從來不敢走那條道，老是繞道走。退休之後，新來的校長向我求教經驗，請我到他家裡去喝酒，加上新校長非常的熱情，我多喝了幾杯，神志不清了。大概就是那一次，我破例經過了那個石球。就是那一次，我被石球發現了！他知道我回到這個學校了。」

「那晚是新校長親自扶我回家的。雖然事隔了半個世紀，我心裡仍然放不下年輕時幹的傻事啊！

176

「後來我就不有意地躲避了，反正已經被它看見了，有什麼就來什麼吧。」我看見老校長的手指在微微顫抖，眼睛緊緊閉著，似乎一睜開就會看到他的朋友向他伸出沾滿鮮血的手。

「於是它製造那些恐怖事件來威脅你，是嗎？」我問。

「這哪裡是威脅我啊，它是想使我精神崩潰啊！」老校長雙手抱住白髮蒼蒼的頭，好像犯了嚴重的頭痛病。「我一生中沒有欠過別人的東西，就他這一筆債還沒有還哪！」

我渾身冰涼，感覺有涼絲絲的東西環繞老校長和自己走來走去。

我問為什麼那東西要選擇我而不是別人呢。跟老校長一番談論之後才知道，老校長與我同一天生日，也是屬牛的，也是「苦牛過冬」的年度。再過一週，就是我的20歲生日了。

「撲通」一聲響動打斷了老校長和我的談話。我急忙衝進尹棟的病房。原來是尹棟想起來走動，可是剛剛站好，背後負有重物似的使他身體失去平衡，「撲通」跌倒在地。尹棟在地上仰躺著，喘著粗氣。

一天一天過去，尹棟一天一天消瘦。老校長每天都來看他。我對老校長過意不去的表情很迷惑。冥冥中我覺得那東西將尹棟綁架起來了，慢慢折磨，並將折磨的全過程完整地呈現在老校長的面前。它要使老校長崩潰！

老校長終於受不了心理的折磨。在一個人們都睡熟的夜晚，他帶著一逕冥紙趕往原來石球的所在地。

「我還債來了，朋友！」老校長燃了三炷香，插在當年他朋友染血的位置。

「你看著我吧，久違的朋友，我還債來了！」他點燃了冥紙。火焰活潑跳躍，映得他蒼老的臉一明一暗，彷彿有誰努力想看清楚他的臉。

忽然來了一股小旋風，將燃燒的冥紙捲起來，似乎要細細閱讀，閱讀等候已久的敵人的降書。呼呼的風聲恰似閱讀後快意的笑聲。接著，更大的風起了，還夾著棉絮般的雪花。

冬天真的到了。

第二天早晨，人們發現了一具僵硬的屍體。厚厚的雪被蓋在老校長身上，彷彿他不是凍死的，而是在溫暖的雪白被子下偷睡懶覺的人。老校長好久沒有這麼香這麼美地睡覺了。

我生日那天，尹棟病癒出院了。寒冷的冬天背後，躲著一個溫暖的春天。

湖南同學停了下來，低頭喝了一點水。我們聽得太入迷，竟然沒有發覺他在講詭異故事的過程中給自己倒了一杯白開水。

「這就是我們平常說的，善有善報，惡有惡報，不是不報，時候未到？」我乾咽了一

口唾沫。

湖南同學微微一笑，道：「人幹點好事總想讓神鬼知道，幹點壞事總以為神鬼不知道，我們太難為神鬼了。」

我們笑了。宿舍裡難得出現了一點輕鬆的氣氛。我們知道這位同學的規矩，所以沒有人要求他多講一個故事。

人各散去。有的洗洗睡了，有的還默坐了一會兒才去睡覺。

命犯桃花

34

0：00。

「你們中有很多人都曾期盼著命犯桃花吧？」湖南同學看著面前的聽眾，做了一個鬼臉。

聽故事的同學們笑了。這些來聽詭異故事的人，絕大多數目前還沒有女朋友。有女朋友的人哪有時間來聽這些故事？那些幸福的人只適合在花前月下卿卿我我。哪個光棍不期盼命犯桃花？

但是這位湖南同學接下來的話無異於給了他們當頭一棒。「命犯桃花，在中國文化中用來形容一個人命運裡出現愛情糾葛、異性緣變佳的情形。犯桃花可以是犯到好的桃花，代表得到良好的異性感情互動；但是也可能犯到不好的桃花，指因感情出現糾紛或災劫。

我們一般叫不好的桃花運為桃花劫、桃花煞。」

我們面面相覷。這也是我頭一次聽說「命犯桃花」還有不好的象徵。

湖南同學說道：「今晚講的，就是桃花劫的故事……」

《百術驅》裡面說了，討債鬼不僅僅有討命的，還有討殘的。看到討債鬼的章節時，我還在爺爺家。當時我問爺爺道：「討命我知道，可是討殘是怎麼回事？」

爺爺笑道：「討殘，就是讓其他人殘廢的意思。虧你還要讀高中了呢，這個都不知道。」

我知道爺爺的話是打趣我，但是還是不服氣。

我刁難道：「討命就算了，誰都能理解，血債血還嘛，可是討殘卻是因為什麼呢？難道是因為有人打傷了人家的腿，被打傷的人要把這人的腿也打殘嗎？」

爺爺說：「不是。」

我問：「那到底是怎麼回事？你就別賣關子啦。」

爺爺解釋說：「討殘的討債鬼跟食氣鬼有相同之處，他們都是路見不平拔刀相助的鬼。討殘的討債鬼是沒有形體的，食氣鬼是半條狗的形體，但是這個討債鬼看不見摸不著。我們也捉不到。就算能捉到，也沒有用。」

「捉不到？為什麼？」

「就像那次給郝建房看他家的風水。我看出了是梧桐樹樁的問題，可是我不能把梧桐樹樁怎麼樣，只能要給郝建房自己改正錯誤。是不？」

我似懂非懂地點點頭。

爺爺說：「這是同樣的道理。跟你講是講不清楚的。你要自己遇到了才知道。就像你們老師跟你們講課一樣，光靠老師講是不行的，你要自己動手做兩道題才能領悟。是不？」

沒想到，我還沒有親身遇到，卻親眼看到了。事情發生在我的好朋友尹棟身上。他也真是倒楣，剛碰上討命的討債鬼，又碰上了討殘的討債鬼。

他把整個事情的經過都告訴了我。

剛進高中那陣子，因為沒有了基測的壓力，而學測還遠，許多同學終於把心裡壓抑許久的朦朧的情愫表現出來。喜歡某某同學的時候，不再只是放在心裡看在眼裡，紙條、情書、玫瑰花都派上了用場。

而橄欖是眾多男同學的夢中情人，當然也包括尹棟。

尹棟說，他第一次正面遇到橄欖的時候，她身著一襲紅色連衣裙，正從不遠的對面走來，手裡抱著一個裝衣服的塑膠袋。

尹棟說，當時的陽光溫柔得使他渾身使不上勁，他慚慚地低著頭，就連眼珠都不願意抬起來對視對面走來的橄欖，或者說是不敢。我對此深有同感。我喜歡的那個女生也在這所高中，我敢在紙條上寫大膽的東西，可是路上碰到她，卻連頭都不敢抬，假裝望著別處擦身而過。

就在這時，尹棟感到左腳膝蓋處一陣尖銳的刺痛，身體劇烈地晃動一下，幾乎跌倒。

刺痛來得突然，去得也迅速。

尹棟說，也許第一次遇見橄欖的那陣疼痛就是一個預兆。

橄欖喜歡穿桃紅色衣服，這是很多暗戀她的男生都知道的。這樣，她那天生瓷白的膚色在紅色襯托下更顯得嬌嫩。

她身材略胖，常把衣服撐得鼓鼓的，整個人看起來就像一片飽滿的桃花瓣。這是我們這些無聊的男生綜合起來的感受。

橄欖跟他的距離越來越近，尹棟就越心慌意亂，竟然忘記了繞開道，直衝衝地朝前行進，忽然，一頭撞進了紅色衣裳的懷裡，視野被血紅覆蓋。他大吃一驚，慌忙抬起頭來道歉，卻發現跟前立著一棵嫵媚的桃樹，枝頭的紅色桃花因為受驚輕輕顫抖著飽滿的身子。

回頭一看，不見橄欖，唯有桃紅一片。

尹棟賭咒發誓地告訴我，他當時確實撞在了橄欖的懷裡。他紅著臉說他的腦袋還感覺到了她胸前的柔軟和彈性，可抬起頭來卻是一棵桃樹。他一直想不明白。我也不確定是不是尹棟看橄欖看得腦袋發昏，產生了錯覺。畢竟感情剛剛萌動的少男少女都富於想像。

很快，尹棟開始給橄欖寫紙條。不知這小子通過什麼手段打動了橄欖，不久我便看到

他們走在一塊。紙條也寫得更勤了，這一切都得在老師看不到的情況下。橄欖有個綽號叫「懶鬼」的好朋友，尹棟和橄欖就是透過她做「郵差」保持紙條來往的。

半年後的高一下學期，一輛超載鳳梨的大卡車如一條素食主義的百足青蟲，不知道怎樣的穿山越水，不知道怎樣的迎風冒雨，反正最後在最恰當的時刻趕到學校前水泥路的斑馬線上，輕輕地吻了橄欖跨出的左腳的膝蓋。彷彿周密的慢性毒殺計畫，當侵入體內的毒如滴在棉布上的墨水般擴散時，施毒者卻無罪釋放，駕著那條百足青蟲逃之夭夭。橄欖一段時間後突感不妙。

尹棟說，他記得那是一個美麗的早晨。橄欖從女生宿舍飄然而出，讓尹棟分不清哪棵桃樹是她的紅裝。

桃花瓣上殘留著昨夜的月亮灑下的晶瑩剔透的露珠，花瓣的鮮紅潛伏其中，乍一看如同滴滴鮮活的血液，殺機重重。

就在尹棟準備張開雙臂去迎接跑過來的橄欖時，橄欖一個趔趄，很不雅觀地撲倒在地面。尹棟連忙趕上前攙扶，心頭吃驚不小。

橄欖爬起來後的第一句話就是：「我怎麼就跌倒了呢？」煞白的臉告訴尹棟她沒有掩蓋尷尬的意思。

186

「我怎麼就跌倒了呢？」橄欖又問一句，轉過頭來看同樣驚愕的尹棟。尹棟的腦袋彷彿被敲了一悶棍，所有的思想都被無形的手奪空了。完了，肯定是那輛卡車撞過之後留下的後遺症。

隱患不再遮遮掩掩，它如一個被頑童捅開了的螞蟻窩，黑壓壓的螞蟻四散開來，張開無數饑餓的鉗子嘴，囓食碰觸到的一切。

橄欖告訴尹棟，尹棟又告訴我。自從那次莫名其妙地摔倒之後，橄欖時常覺得有無數可惡的螞蟻在啃她的膝蓋處的骨頭。

尹棟告訴我說，他當時想：如果橄欖的腿真廢了，我會不會棄她而去？尹棟沒有立即回答自己提出的問題，但著實被自己的問題嚇了一跳。

當尹棟再次約橄欖出來時，橄欖能獨立行走了，但是她需要努力保持身體平衡，蹣跚的步子奏出抑揚頓挫的「咕咚咕咚」聲，和以前清脆的「咚咚咚咚」聲大不相同。

尹棟說，他能感覺到旁人的目光首先被橄欖的左腳吸引，然後嘲弄地瞄瞄橄欖身邊的他。如果蹣跚行走的是一個老太婆，或許會博得些許同情。而橄欖是年輕的女孩子。尹棟被這些目光弄得心煩意亂。

尹棟找她的次數呈現遞減趨勢。即使兩人一起出來散步聊天，尹棟也常常在目光的交

戰下半途落荒而逃，說出一句聽都不用聽就知道是藉口的「對不起，我還有其他事，先走了」，就丟下橄欖一人在兩旁開滿桃花的小道上。

尹棟其實於心不忍，有時回頭望一望她。橄欖呆呆地站在那裡。她仍愛穿紅色的衣裳。

尹棟覺得此時的她是一朵帶病的桃花，像那些從枝頭跌落地面的桃花，讓接近的人也慽慽的。

橄欖不傻。她和尹棟說話時沒有了以前的活潑幽默，和其他人也是一樣。從此，尹棟覺得跟她在一起不再有歡樂，只有灰色的沉默。橄欖也不主動打破無邊的沉默。

後來，尹棟再也不叫她出來了。就是從這個時候開始，橄欖變得很怪異了。她突然不挑食了，有什麼吃什麼，飯菜都沒有了，筷子仍在嘴與碗之間來回動。晚上老喜歡呆坐在書桌邊，一道簡單的題目需要半個多小時，「懶鬼」半夜從夢中醒來，她還在檯燈下發愣，可是第二天老師檢查作業她居然得了優秀。

以前上廁所都要拉個陪伴的她現在獨來獨往，見人不說一句話，彷彿冤死的校園幽魂。

唯一沒有變化的是她衣服的顏色——桃花紅。

此後，尹棟不但不去約橄欖，而且遇上她都會心裡發虛。他甚至不敢正視鮮紅的橄欖，倘若敏感的眼睛餘光感覺到了橄欖的來臨，他便垂下頭匆匆走過，全當什麼也沒有發生。

橄欖的心情怎麼樣？是否正是需要安慰的時候？他來不及想就慌忙逃開。橄欖對他的表現視若無睹，彷彿尹棟通體透明。

自從尹棟離開橄欖後，刺痛不時來驚擾他的膝蓋。先是怯生生，後來肆無忌憚。尹棟跟我說，就是在疼痛的時候，他還在想當時撞到的到底是橄欖還是桃樹。

他不知道橄欖的疼痛是否與他的相仿，或者是說完全相同。但在他的潛意識裡認為他倆的膝蓋傷痛如出一轍。並且都是左腳，是巧合嗎？是不是和近來橄欖的怪異有關聯？那又有什麼關聯呢？

35

開學不到半個月，曾經染紅了校園的桃花凋敗枯萎，一片淒涼的景象。桃花的美麗逝去，連同桃花的生命。

尹棟發現橄欖刻意避免別人的注意。她幾乎不再說話，走路時腳步輕得不發出聲音，周圍活動的人她根本不當他們存在。似乎她也達到了自己想要的效果，因為他們好像也忽

略了她的存在。

可是我好久沒有看到橄欖了，差不多有兩個月了吧。當然了，尹棟是我的好朋友，橄欖可能也故意避開我不見。

尹棟說，他對於橄欖是透明的，是空氣，他能夠理解。然而橄欖對於其他人也是透明的，彷彿不存在他們的周圍，那又是怎麼回事呢？還有一點差點忘了說，尹棟說他發現橄欖的衣裳的顏色彷彿因為過分的搓洗褪色了不少，原來鮮豔的桃花變成樸素的淡紅，淡得紅色似乎害怕什麼東西而要躲藏到白色身後。

「她不是喜歡顏色鮮豔的衣服嗎？」尹棟問我。

我半開玩笑半認真地說：「你不是嫌棄她的腳瘸了嗎？她的衣服的顏色正代表她的心情呢。」

尹棟說，如此淡的衣裳使他又一次很自然地想到跌落枝頭、失去供養、病得蒼白的桃花。這些事情都很怪，但怪在哪裡尹棟說不出來。我很久沒有遇到橄欖了，所以我沒有這種感覺。

一次，尹棟和幾個寢友一起外出聚餐，我也在裡面。消滅十來瓶啤酒後，我們才起身回宿舍。在路上，尹棟看見前方急速走過一個身影，他舉手想叫住，但猶豫片刻，又將舉

190

起的手放下。

一陣寒風吹過，我們都打了一個冷顫。

尹棟說當時他忽然聽見風聲像極了卡車掠過的聲音，接著左腳膝蓋處疼痛起來，似乎千萬隻螞蟻在享受裡面的骨頭。但是，當時的我沒有聽到任何奇怪的聲音。

後面的寢友叫道：「尹棟，你是不是喝高啦？走路像個不倒翁！」其餘幾個人附和著哈哈大笑。我看了看尹棟，他走路的姿勢相當痛苦。

又是一陣勁風刮過，掉盡桃花的樹枝發出嗚嗚的哽咽聲，像極了某個傷心的女孩子躲在看不見的角落裡哭泣。零零星星的淚水濺落，飽含冰涼的心情。尹棟的鼻樑上有一滴涼絲絲的東西，一摸：「咦？下雨了？」

我說：「我的臉上也滴了些雨。」不知道誰低聲說了聲：「快走！」眾人遇了鬼似的衝向模糊的宿舍樓。只有尹棟一步一拐走不動，彷彿有尋找替身的鬼拉住了他的衣角。

雨果然越下越大，豆大的珠子狠砸地面。突然哭泣的橄欖攔住他的去路，尹棟狠心扭頭鑽進了宿舍樓。

第二天，尹棟躺在床上不能起來，燒到四十多度，嘴裡盡說胡話，多半時候大嚷「桃花！桃花」，寢室眾兄弟束手無策。

不過，服下幾顆藥丸之後，他很快就好了，只是臉色有些蒼白。

重感冒好之後，尹棟看什麼東西都是怪怪的。他說我的桌上裝有金魚的罐頭瓶正在下滑，叫我把它移到別的地方去。我不理他的瘋話，那瓶放在那裡半個多月了都安然無恙。

尹棟說：「你看你看，它在下滑呢，快去把它挪開，不然就打碎啦！」寢室裡其他兄弟都嘲弄地笑了。一個寢友摸摸尹棟的額頭，說：「難道還在發燒不成？要不是眼睛看到鬼啦？」笑聲更響了，大家各自攤開被子睡覺。

半夜時分，尖銳的玻璃破碎的聲音把大家驚醒，慌忙拉開電燈，只見罐頭瓶已經四分五裂，在地上撒開的水像是罐頭瓶破碎的屍體流出來的血水。三隻失水的金魚甩動尾巴做無謂的掙扎，使勁兒張開嘴巴，彷彿是竭力地呼喊求救。

驚醒的兄弟們都驚愕了，突然尹棟大呼：「桃花桃花！」兄弟們嚇了一跳，抱緊了被子。尹棟翻個身又沉默了，原來正在做夢。

尹棟和我在去教室的路上遇到了「懶鬼」。橄欖自從變得怪異後，跟「懶鬼」也疏遠了。

「懶鬼」移開嘴邊啃得稀爛的玉米棒，大驚小怪地叫道：「尹棟，如果你穿上桃紅色衣服，那就跟橄欖一模一樣了！」說完著走路一步一拐的樣子。

上課的鈴聲響了好久，上課的老師才拖逗著走進教室，老師顯然患了重感冒，眼睛紅紅的，不時用力地吸鼻子。老師的喉嚨咕嚕咕嚕的響，講課很費勁，於是乾脆點名叫學生上講臺在黑板上答題目。「坐在36號座位的那位女同學，請妳上來答題。」沒有人上去。

「36號！」老師生氣了。還是沒有人上去。

「我叫36號！」老師氣憤地大嚷。全教室的眼睛集中到36號座位上。

尹棟事後跟我說，他看見橄欖坐在36號座位上，她一雙眼睛驚慌失措，明顯地，她沒有料到老師點名而且偏偏點到了她。全教室的眼睛又轉回來注視到這位不時吸鼻子的老師。

「36，我叫你上來！」老師氣得渾身發抖了，居然有人明目張膽與他過不去。

終於有一位同學悄悄說：「那裡沒有人哪！」那位老師馬上指著發話的同學罵道：「你眼睛中邪了？沒有人？你蒙我啊！你再看看，瞎眼珠子啦？」

「真沒有人啊。」另外幾個同學嘟嚷道。

老師見大家都逆著他，氣沖沖地走出了教室，把門摔得山響。全教室的眼睛又迷惑地去看空空如也的36號座位，不理解老師怎麼生氣了。尹棟看見橄欖慌忙起身飛快離開了36號座位出了教室。尹棟連忙一步一拐地趕出去，在門口站定，長長的廊道上不見橄欖的身影。只有廊道外的幾棵桃樹，樹底全是紅色殘花，那病態的花色恰好與剛才橄欖的連衣裙相同。

懶鬼追了出來，擔心地問尹棟：「你看什麼呢？」

「橄欖呢？」他的意思是橄欖跑到哪裡去了。

「懶鬼」莫名其妙地說：「開學不到半個月，她就辦理退學手續回家鄉了。她已經兩

個月不在學校了。你居然還不知道？！」

頓時，尹棟臉色大變，跌坐在地上。

我和「懶鬼」慌忙將他扶起來。

尹棟起來的時候，左腿彷彿斷了線的木偶一樣搖擺。

從此，尹棟再也離不開拐杖了。雖然我知道這是討債鬼施的討殘法，但是我也無能為力。

「這跟之前你講的那個紅狐的故事有異曲同工之妙。」見湖南同學的故事講完了，一個同學幫忙總結道。

「嗯。你以善意對待別人，回饋給你的就是善意；你以惡意對待別人，回饋給你的就是惡意。」湖南同學不緊不慢道，「所以呢，無論你做什麼事，針對什麼人，都應該心懷善意。這就像一面鏡子，你對它笑，它就對你笑；你對它哭，它就對你哭。」

「這是不是告訴我們：就算是命犯桃花，也不要因為桃花的美麗而歡喜，因為桃花的凋謝而離棄？」那個同學還是用總結的口吻問道。

我插言道：「你的總結很有詩意。」

湖南同學笑了，揮手道：「好了，今天就到這裡吧。」

194

礼多卷七

36

又到零點。

「繁體字俗稱深筆字，是在中國大陸頒佈了簡化字總表後，用以特指稱原有的一套書體。顧名思義，繁體字就是筆劃比較多。」湖南同學的眼睛從走動的指針上移下來，「今天晚上的故事，跟繁體字有關……」

爺爺說我們沒有辦法對付討債鬼。我開始是不相信的，既然我們可以對付簸箕鬼、水鬼、吊頸鬼、食氣鬼、鬼妓等，為什麼就對付不了討債鬼呢？可是，後來我相信了，並且堅信不疑。因為，我從高中回母校看望初中老師的時候，老師告訴我一個消息。

老師神秘兮兮地說，破廟裡的歪道士遇到討債鬼了。歪道士為了躲著討債鬼，特意在破廟的屋頂上加蓋了一層木質的房子。

「他在屋頂加蓋房子幹什麼？」我疑惑地問道。我進學校門的時候就注意到了，破廟的一側經過改裝，變成了兩層樓，上面一層是簡易的木板構建而成，所以看起來這個兩層樓有些不倫不類，像個戰爭電影裡的碉堡。

老師說：「他怕一下地討債鬼就來找他，所以一天到晚就待在木樓上。門和窗都鎖上了，只有那個白頭髮的年輕女子可以上去給他送飯送菜。到現在都在樓上待了將近兩個月了，一次也沒有下來過。」

我說：「歪道士不是跟鬼打交道很長時間了嗎？難道一個討債鬼就使他這樣躲避？」

老師說：「誰知道呢？」從這時開始，我有些相信爺爺的話了。

我問道：「到底是什麼樣的討債鬼使他躲到樓上去了？」

老師想了想，手指習慣性地敲著桌面說：「聽那個白頭髮的女子說，好像是討命的。歪道士的壽命早就超過本來應該有的壽命了，所以討債鬼來討要他的命。具體的我也不是很清楚，反正能讓歪道士躲到樓上幾個月不下來的，我猜想不是簡單能對付的鬼哦。」

我點點頭說：「那也是。」

從母校出來，我仔細看了看破廟。剛好那個白頭髮的女子在敲歪道士的門，聲音空曠地飄盪出來，如真如幻。門吱呀吱呀地響，然後聽見他們叨叨絮絮地說了一陣。然後那個女子走下樓來。她看了我一眼，我慌忙假裝是不經意經過。

這時，我更加相信爺爺的話了。

因為母校在高中和我家的路程中間，我放假回來一般先到母校看老師，再回家。回到

家裡，我跟爸媽打過招呼，立即去我的房間看月季。

由於我一個月沒有在家，沒有人給它澆水，我猜想它會枯得如秋收的稻草一般。可是當我急急走近窗臺時，卻看見它青翠地矗立在小茶杯中，彷彿我剛離開家的那一刻。

我一邊抱怨自己怎麼把它遺忘在家裡，缺少人照顧，一邊驚異於它的生命頑強。當天晚上，我夢到了久違的它。

我忙向它道歉，把它遺忘在家裡。

它笑笑，說，我現在狀況好多啦。以前被你們捉住的時候，已經是苟延殘喘。但是經過這些日子的陽光曝曬，夜露的滋潤，我已經恢復了許多。

我驚喜道，是嗎？

它笑著說，我會吸收夜間的精華，你注意看看。

我定眼一看，它四周的黑色如咖啡一般流動，並且是流入它的體內，彷彿它是一個乾棉球，而這個棉球放置在墨汁中。我能看見與「棉球」接觸的墨汁正緩緩被吸進。

我驚訝地問道，這是你修練的方法嗎？

它說是。它拜託我把它帶在身邊，常常置於陰暗無光的環境中。

我說，偶爾讓你曬曬太陽不是很好嗎？

它說，原來身受重創，接受一些陽光，可以利用陽光的能量修復自己。但是在陽光下的時間累積到一定程度，月季就要開花。月季一開花，它就不能再寄託在月季上了。伴隨著月季的開花，它會死去。死去的它會變成魖，不能再入輪迴。

魖我是知道的，《百術驅》裡說了：「人死則鬼，鬼死則魖。鬼之畏魖，若人畏鬼也。」

我答應它，以後一定將它隨身攜帶。

它道了謝，離去了。

我從夢中醒來，披了衣去看窗臺上的月季。雖然沒有燈光，四周一片漆黑，可是我能看見如水一般的黑夜流入月季的枝幹。

果然，它能吸收夜色中的精華。我想起爺爺說過的話：「也許它以後能幫到你呢。魖孢鬼的邪性不是固定的，你好好照護這個月季，也許它會報答你呢。要知道，小孩子的邪性容易生成，也可以感化，魖孢鬼就是鬼中的小孩子。」

我還記得爺爺說：「這魖孢鬼有很大的能量，但是因為它年齡太小，百分之一的能量都發揮不出來。如果它能長到陳少進媳婦那樣的年紀，它的能量爆發出來是不敢想像的。」

我想魖孢鬼自從附加在月季上後，邪氣已經洗得差不多了，應該不擔心它的成長會造成什麼威脅了。

第二天，我跟媽媽去畫眉村看爺爺。媽媽說，爺爺的咳嗽變得嚴重了，去醫院檢查，醫生說是輕微的肺結核，要爺爺戒菸。可是爺爺根本戒不掉。

媽媽要我到爺爺家後勸勸他。媽媽說：「少抽點菸可以多活幾年呢。」

一到爺爺家，我還沒有來得及把媽媽交待的話說出口，爺爺便拉著我說：「走，走，到水庫那裡去看看。」

我丈二和尚摸不著頭腦，問道：「去水庫幹什麼？」

爺爺說：「昨天有個孩子差點淹死在那裡了。他媽媽來找我，要我幫忙看看。」

我說：「不是沒有淹死嗎？還去看什麼東西？」

爺爺說，原來有一個孩子在那裡同樣的地方淹死過。怕是那個淹死的孩子找她的孩子來了。」

我說：「爺爺你是不是腦袋糊塗了？這和那個車禍又不同，那個被車撞的人生命垂危，隨時都有死去的危險，即時置肇可以挽救他的生命。可是沒有淹死的人也會受到什麼要命的重傷嗎？」

爺爺拉著我不放：「這次要救的不是沒有淹死的，而是已經淹死的。」

「已經淹死的怎麼救？」我更加驚愕。

37

爺爺揮揮手，說：「走。路上講給你聽為什麼。」

我隨爺爺跨出門來，外面的太陽光很強烈，晃得我的眼睛睜不開。

爺爺邊走邊說：「那個孩子的媽媽說，她夢見兒子仍然落在水裡，拼了命地呼救。她伸手去拉兒子，可是兒子怎麼也爬不上來。她就問兒子，兒子兒子，你怎麼不爬上來呢。兒子說，媽媽，我的腳底下有很多油菜籽，腳下滑爬不上去。她使勁把兒子往上提，可是費盡了勁還是不可以。」

我打斷爺爺，說：「她兒子不是沒有淹死嗎？怎麼還做這個夢？」

爺爺說：「我開始也這樣想。可是後來掐指一算，這個孩子有厄運，應該是淹死的大劫，能逃離死亡已經出乎我的意料了。」

「應該是淹死的命？是命裡有水關嗎？」我問。我的命裡也有三個水關，不過在爺爺的提醒下已經化險為夷了。但是每次都是驚心動魄。

爺爺點點頭：「我就對她說，照八字來說，你兒子現在應該淹死了。」

「她怎麼說？」我迫不及待地問。

「她說，之前她在一個瞎子那裡給兒子算過命，那個瞎子也說了她兒子今年有水關。她回來就把孩子的名字改成了馬清。」

她的兒子命裡五行缺水，如果把名字裡的一個字改成三點水的偏旁，就可度過險關。

「那她兒子的名字改成了馬清。」

爺爺說：「壞就壞在那個瞎子不知道她兒子姓馬，馬⑥字的繁體是有四點水的，所以她再把兒子的名字取成馬清，就多了三點水，反而不好了。」

我想想，也是，馬字的繁體字筆劃中沒有一橫，而有四點水。

爺爺說：「水多了雖然沒有缺水那麼惡劣，但是也破了度關的忌諱，所以她兒子還是沒有度過水關這一劫。幸好沒有缺水那麼嚴重，這次只掉了一魂一魄。」

「掉了一魂一魄？」我問。

爺爺說：「是啊。他人是回來了，可是還有一魂一魄留在水裡沒有上岸。」

我說：「如果是這樣的話，那跟以前淹死的那個小孩子又有什麼關係？」

爺爺說：「我也不知道。大概人家見孩子差點淹死在上一個死者的地方，自然想到水鬼找替身嘍。」

「聽你的口氣，這次不是水鬼？」

我的一連串問題使爺爺應答不過來。爺爺越過一條小水溝，說：「我也不知道。看情況吧，我又不是神仙。」

我跟著越過水溝，水庫就在眼前了。

「按孩子的媽媽說，出事的地方就在那塊。」爺爺指著垮掉了一部分的岸堤說。

我們走過去。這裡的土是紅色的，土質很鬆。如果不是岸堤上長了許多草皮，大概腳一踩上去就會連人帶泥一起滑進水庫。我可以想像那個小孩子一腳滑倒，迅速抓住雜草掙扎的情景。在他掙扎的過程中，許多疏鬆的泥土垮進了水庫。

「看這裡。」爺爺喊道，把我從想像裡喊醒過來。我朝爺爺示意的地方看去，水面漂著散開的油菜籽。

「還真有油菜籽！？」我不敢相信。

爺爺思考片刻，說：「如果有人在水邊差點淹死，想害他的人可以在水邊倒一些油菜籽。這樣，那個落水的人遺留在這裡的魂魄就很難回到身體裡，魂魄會因為這些油菜籽弄滑了腳底而爬不上岸。」

「有人要故意害他？」我的眼睛瞪得比燈籠還大。

6.馬：簡體寫作「马」，一橫代替四點水。

爺爺說：「暫時還不能確定害他的是人還是鬼……我們再到周圍看一看。」我跟爺爺圍著水庫走了一圈，沒有發現其他異常的地方。

「走，我們去看看那孩子。」爺爺又拉著我往回走，好像生怕一個月沒有跟他見面的高中生外孫突然會不再跟著他，不再對他的那套捉鬼式感興趣。

見了那個孩子，我才知道，他們口中的「孩子」其實跟我差不多大。我拍拍自己的腦袋，他們叫人家孩子，我也瞎跟著叫孩子啊。真是！

不過這不能怪我。高中老師給我們講過一件類似的事情。那個老師有次去廣西玩，路過一個村子討口水喝。他看見一個老人在房子外面哭訴，說他的孫子不聽話，經常跟他鬧彆扭。老師看不過去，想發揚教師的風格，發誓把老人的孫子好好教育一番。未料這個老師進門看見老人的孫子，大吃一驚。原來這個孫輩的人竟然是七十多歲的老翁！老師忙收了春風化雨的想法，老老實實喝了水就出來了。

後來，老師才知道，這個村子原來就是全國聞名的長壽村。

「孩子」的媽媽忙把我們請到家裡，端上兩杯茶。爺爺對著茶杯吹了吹氣，喝下一口，然後問道：「孩子，你記得你當時是怎麼掉進去的嗎？」

那個孩子似乎很冷，嘴唇略顯蒼白，腳不停地抖，舌頭微吐。《百術驅》裡說，舌頭

吐出的長短是衡量人的魂魄的一個標準。龍灣橋上面的哈癩子⑦就是一個典型的例子，他人傻裡傻氣，平時舌頭就吐到嘴唇外面。爺爺說，他的三魂七魄⑧是被嚇散了，現在他的魂魄殘缺不全。這是他變傻的很大的一個緣由。

那個孩子瑟瑟發抖，話不連貫地說：「我偷看了，偷看了別人。所以，所以我就掉，掉水裡了。」

他媽媽從椅子上站起來，瞪著眼睛問道：「你偷看了別人？偷看了什麼呀？你之前怎麼不跟我說？」

爺爺安撫道：「別這麼急，孩子，你別怕，慢慢說。想到了什麼相關的事情就說，不要怕，你不說的話，我是幫不了你的。知道嗎？」

那個孩子有些癡呆地點點頭。他的媽媽心疼又心急地坐下來，端起茶吹了吹卻不喝，又放回到原地。

那個孩子怯怯地看了一眼他的媽媽，咽下一口口水，說：「我偷看了一個男的……和一個女的……做那個，那個事。」

---

7. 哈癩子：這裡是說嘴裡流著哈喇子的癡傻人。

8. 三魂七魄：中國道教和中醫對於人的靈魂說法。人的元神由魂魄聚合而成，其魂有三，一為天魂，二為地魂，三為命魂。其魄有七，一魄天沖，二魄靈慧，三魄為氣，四魄為力，五魄中樞，六魄為精，七魄為英。

他的媽媽紅著脖子怒道：「你這個不聽話的孩子，居然偷窺別人！」

38

爺爺忙攔住孩子的媽媽：「現在不是跟他急的時候，聽他把話說完。」

他從去年的事情說起，那時候馬忠還沒有淹死。馬忠就是去年淹死在水庫裡的孩子。

馬忠生前跟他是好朋友。

那是一個知了聒噪的夏天，他和馬忠在水庫釣魚。水庫是被人承包了的，如果釣魚被發現了是要罰款的。所以他們一般在豔陽當頭的中午出來釣魚，這時候，別的人通常在家裡睡午覺。

年輕孩子的心可不能像釣魚的浮標一樣安安靜靜地等待。他們浮躁地東張西望，希望找到一點有趣的事做。比如到附近的小池塘裡摘兩個蓮子，或者到旁邊搭有草棚的西瓜地裡偷個西瓜解饞。

水庫旁邊住著馬岳魁一家。

馬忠說，馬屠夫家的後院裡種了一棵石榴樹，現在恐怕已經成熟了。我們去偷一個來嚐嚐？他們肯定都睡覺了，不會知道的。

他說，可是他家的門是關著的，難道我們要跳過他的房屋到後院去？

馬忠說，我們可以先爬到他們屋後的山上，然後順著坡溜下來，到院子裡。

說做就做，他們倆把釣竿插在泥土裡，頂著曝曬的陽光爬到了馬屠夫家的後山。他們順著斜坡溜到馬屠夫的後院裡。而他推著馬忠的屁股，將馬忠送上樹。

就在馬忠的手伸向紅色的石榴時，突然停止了動作，而眼睛越過那個誘人的石榴看向遠處。

他在樹下急躁地低聲喊道，馬忠，馬忠，你看什麼呢！快摘了石榴下來吧。待會馬屠夫發現就糟糕了。

馬忠似乎沒有聽見樹下的夥伴的勸告，仍然愣愣地看著前方。那隻跟紅色的石榴只有咫尺之遙。

他撿起一塊硬泥巴，狠狠朝馬忠扔去。泥巴打在馬忠的大腿上。

靜止了許久的馬忠立刻活動起來。他那隻已經伸出的手卻不再向石榴靠近，他抱住樹幹滑溜下來。

他急得不行，罵道，你這個死馬忠，怎麼不摘石榴就溜下來了？你這個死馬忠，再伸出一點點就摘到石榴了，你不是要我嗎？

馬忠毫不在意他的抱怨，拉起他的手，迅速朝坡上爬，氣喘吁吁的。馬忠一把捏住自己的褲襠，說，完了，完了，我開始發育了。

他怕吵醒馬屠夫，只好跟著馬忠爬上坡。

你怎麼了？是不是被毛毛蟲扎到手了？他看見馬忠難受的表情，擔心地問道。夏天有一種毛毛蟲，只要它接觸到你的皮膚，就像針扎了一樣疼。

完了，完了，我開始發育了。馬忠對他說，手用力地捏褲襠。十幾年前的孩子們很少接觸到生理方面的知識，對生長發育的瞭解幾乎是盲區。

那時候對發育這方面知識真的很貧瘠。記得那時候，我一個堂兄神秘兮兮地將一起玩耍的夥伴聚到一起，說要宣佈一個重大的發現，這個發現與生孩子有關。我們十幾個玩伴一聽跟生孩子有關，立即被他吸引過去。雖然我們從小就不停地問媽媽，我是從哪裡來的呀？但是得到的答案好像不外乎兩種——第一，肚子裡來的啊；第二，我在村口的牛屎裡撿到的呀。

我問媽媽時，媽媽說我是肚子裡來的；我弟弟問媽媽時，媽媽說弟弟是牛屎裡撿來的。

208

這就造成弟弟認為媽媽對哥哥好對弟弟不好的錯覺，因為弟弟覺得他不是媽媽親生的，弄得媽媽這麼說也不是那樣說也不是。

我們全部屏住呼吸聽那個堂兄宣佈一項偉大的發現。堂兄像要發言的領導一樣，正兒八經地咳嗽兩聲清清嗓子，我告訴你們，你們不要隨便告訴別人哦。

我們忙像小雞啄米似的點頭。

他這才說，其實，生孩子的地方是……

他掃視我們一遍，然後慎重地說，生孩子的地方是──膀胱！

膀胱？膀胱是什麼東西？我們議論紛紛，對這個答案感到很失望。現在說來也許沒有人相信，但是當時的我們確實沒有聽說過「膀胱」這個比較「專業」的詞語。

所以，馬忠看到不遠的前方刺激的畫面時，身體產生了最原始的衝動。馬忠卻以為他的身體開始發育了。

他站在一邊看著難受的馬忠，手足無措。

你到底怎麼了？他關心地問。

前面的草地裡有兩個人在做那個。馬忠對他的夥伴說。

那個？哪個？他後知後覺地問。

哎呀，你不知道呀？走，我帶你去看看，可是別被他們發現了。馬忠捏著褲襠站起來，帶著他去看草地裡的兩個人。

就在半山腰，他看見兩個赤裸裸的身體在一起碰撞。男的騎在女的身上，像騎著馬在草原上策馬奔馳。令人渾身顫慄的呻吟讓他覺得自己也開始「發育」了。

他說，那個女的白皙的乳房像水豆腐一樣晃蕩，晃得他眼睛迷離。

他和馬忠躲在一棵茂盛的茶樹後面，呼吸變得沉重，彷彿他們才是那個百般折騰的男人。

他覺得褲子太緊，緊緊勒住了下身的那股力量。

那對男女不知道有人在偷窺，仍在自己的世界自得其樂。男的動作越來越快，女的死死抓住一把野草，抓住的野草被她拉直，根系從土中暴露出來。

他覺得自己的體內也有一種東西要迸發出來。他看見馬忠的臉頰流出了幾顆豆大的汗珠，彷彿在女人身上律動的男人是他。

那個男的動作加速，忍不住吼出一聲來。隨即，男的動作慢下來。女的蔥根一樣的手指緊緊抓住男人的腰，指甲深深掐進男人略有脂肪的腰間。

同時，他和馬忠感覺到褲子裡濕了。他們伏在茶樹後，看著那對男女分開來，男的走向山頂，女的走下山直向水庫而去。

39

他和馬忠等那對男女離開後，才從茶樹後面快快地爬出來，彷彿大病初癒。馬忠踮起腳來看，只見那個女的走到水庫旁邊就不見了，而那個男的走到山頂拐了彎也隱沒在茂盛的樹後面。

他們再無心思釣魚。他問道：「那個女的你認識嗎？」

馬忠說：「好像有些印象，但是一時想不起來她是誰。不過那個男的我完全不認識。」

喂，你注意到沒有，那個男的後背上有個刀疤。」

他細細想來，不能確定那個男的背後是不是有個刀疤。他當時有些恍神，沒有注意看。

馬忠見他沒有回答，說：「可能你沒有看到。那個刀疤很小。」

浮標在水面默默地沉思，馬忠冷不丁地問：「喂，我們明天還來釣魚嗎？要是你沒意

見的話，我們明天還來？」

他看著馬忠別有用意的眼神，知道他的暗示——也許明天那對男女還會來這裡。真是釣者之意不在魚也。他送給馬忠一個同樣的眼神，兩人一拍即合。

於是，他們天天來水庫旁邊「釣魚」，往往把魚竿往地上一插，就躲到那棵固定的茶樹後面去了。本來他們這些天也沒有釣到什麼大魚，而釣些小魚根本沒有成就感。

也真是奇怪，他們等了片刻，那對男女又出現了。

爺爺打斷他的回憶，問道：「你注意看了他們從哪裡來的嗎？」他的媽媽忙點點頭，轉過眼光盯住兒子。

他的眼珠遲鈍地轉了轉，舌頭舔了舔乾枯的嘴唇，緩緩地說：「那個男的從山頂的路上出來，那個女的從水庫那邊過來。因為我們躲在茶樹後面，看不到更遠的地方。」

他說，每次那個男的在女的身上辦完事站起來的時候，馬忠的臉上都要出一陣汗，好像每次都是馬忠在那女的身上忙活。他跟馬忠趴在茶樹後面，毛毛蟲掉在身上了都不敢出聲。

有一次，馬忠忍不住發出了聲音，不是因為毛毛蟲掉在他身上。

正當男的在那女人的身上動作越來越快時，馬忠發出了「啊」的一聲。

212

他掉過頭來看馬忠，見馬忠捏著褲襠的手跟著對面的男女的頻率活動，不是以前那樣僅僅是捏住。

他連忙捂住馬忠的嘴巴，但是那聲「啊」已經傳了出去，從枯燥的知了聲中穿越而出，穿過強烈的陽光，直達那對男女的耳朵。那對男女的動作立即緩了下來。女人的頭像蛇一樣從草地上仰起來，探尋的眼睛很快找到了茶樹後面的兩個未成年人。男人順著女人的眼睛也看到了他們。

他心想，這下完了。被那個男的打一頓也就算了，就怕告訴家裡了，還不被所有人恥笑？馬忠也愣住了，知道自己闖禍了，呆呆地看著那對男女，不敢動彈。

他們四人都停頓了，彼此望著。茶樹，陽光，還有樹上的知了，都靜靜看著他們，想著接下來會發生的事情。他們對視了好一會兒，那一刻彷彿世界停止了運轉。

馬忠嘴角一撇，幾乎要哭出來。

他的心也是怦怦地跳，雖然對視著他們有些害怕，卻又不敢把眼睛挪開。

就在他要崩潰的前一秒，那個女人突然露出一個詭異的笑。

兩個漂亮的酒窩出現在她那紅潤的臉上。隨即，那個男的也笑了，沒有出聲的笑，會意的笑。他說，那個男人的笑就像爸爸知道他丟了兩元的零花錢一樣寬恕的笑，卻又不完

213

全是這種意味。到底有什麼其他的意味，他也不知道。

在那個男人對他們笑的時候，他清楚地看見了男人後背挨近頸部的地方有條細小的如蚯蚓的刀疤。他不清楚自己是不是眼花了，他分明看見那個刀疤在陽光下閃閃發光，似乎也在對他微微笑。

而那個女人的笑，卻是很溫柔很嫵媚甚至有些誘惑的笑，令他和馬忠不知道該用什麼樣的表情回答。

那個女人鬆開緊抓青草的手，轉而輕柔地撫弄男人的胸脯。男人重新動作起來。不過，興致顯然沒有剛才那麼高漲。

他和馬忠仍趴在茶樹後面，雖然知道茶樹都在笑話他們，可是他們不敢站起來就走。

他們等那對男女像往常那樣分開，一個走向山頂，一個走向水庫，才垂頭喪氣地回到釣魚的岸邊。

回到水庫的岸堤上，他和馬忠沉默了許久，誰也不想說話，直愣愣地看著靜止不動的浮標，浮標也直愣愣地看著他們。

「他們怎麼沒有責怪我們？」馬忠終於受不了這樣的氣氛，打破沉默問他道，一隻手有氣無力地抽出插在泥土裡的釣竿。

他搖搖頭，說：「不知道。」

馬忠的釣竿的浮標似乎聽到了他們的對話，忽然劇烈地抖動，猛的向水下沉。

「有魚上鉤了！」為了緩解這樣僵持的氣氛，他故意提高聲調喊道，「馬忠，你的魚上鉤了。快拉！」

馬忠抹了抹臉上還沒有曬乾的汗水，亂了手腳。

「肯定是大魚，你看，浮標都沉到水下面去了。」他激動地拍馬忠的手臂，指著浮標消失的地方喊道。

馬忠也顯得比較激動。他們釣了許多天的魚，可是只有偶爾才收穫一兩條不到中指長的小魚苗。浮標從來沒有這樣劇烈地抖動過。釣魚的絲線都拉直了，釣竿的前端彎成了一個問號。

「嘩啦」一聲，浮標附近激起一個波浪，似乎是大魚的尾巴撥弄的效果。他和馬忠變得更加興奮。那個波浪向水庫中間延伸過去。

他喊道：「魚向中間游啦，快收線，提魚竿啊，快，快！」

馬忠的臉憋得通紅，雙手緊緊握住釣竿，向岸堤的邊沿走：「提不動。是不是下面有水草，絲線被水草還是其他東西纏到了吧？」承包水塘的人往往扔一些大的樹枝到水塘裡，

不知道是為了防止別人偷魚還是餵草魚，或者是其他作用。所以釣魚的時候絲線被這些樹枝纏住是有可能的。

「別往前走了，堤邊上的土很鬆的。」他提醒馬忠道。

40

馬忠邊向前走邊說：「你會不會釣魚啊！大魚要緩兩下再拉上來的，不然絲線容易斷掉。你看……」馬忠的話還沒說完，只聽得「咕咚」一聲，馬忠一頭栽到水庫裡了。

他和馬忠，還有這個村裡長到一米高以上的孩子，都是游泳的能手。所以他毫不擔心掉進水裡的馬忠。

他埋怨道：「說了叫你別到邊上去，偏不信。」他小心走到邊上，向馬忠掉下水的地方看。不見馬忠的蹤影，唯有一個水波蕩漾開來。

他還是不擔心。他嘲弄道：「潛水誰不會啊。你逗我玩，我偏不配合你。」他也這樣

216

逗過馬忠，假裝失足掉進水裡，潛到水底挖一團泥，等馬忠湊過來看的時候砸到他的鼻子上。

「別逗了！魚都跑了！要你摘石榴的時候你也不摘，魚上鉤了你也不釣。真是！」他還在責怪馬忠那次沒有把馬屠夫家的石榴摘下來。水面的一圈一圈的波浪像個嘲諷的笑，像那個女人的笑。

等了一分鐘，他見馬忠還不出水，意識到有些不妙。如果是他自己，他可以潛水超過一分鐘，可是馬忠的肺活量比他小很多，平時能潛40秒就算不錯了。

這時水面的波浪也平靜的出奇，彷彿馬忠不曾在這裡落水。

「馬忠！馬忠！」他在岸上喊道。水下沒有一點反應，馬忠的釣竿漂浮在水上，浮標倒是從水下漂了上來，又靜靜地立在那裡了。

「馬忠！你快上來吧，別逗了！」他有些慌了。可是四周只有知了的單調叫聲。兩分鐘過去了，馬忠還沒有浮出水面。

他急了，忙跑回村裡叫大人來幫忙。

馬忠的爸爸不在家，馬忠的伯伯帶了十來個人急忙趕到水庫。因為水庫太大，放水又太慢。他們決定採取最普通的搜救方式。會水的都「撲通撲通」跳進了水庫。

可是撈了半天一無所獲。

「那是馬忠的釣竿。」他指著水中央漂著的釣竿說。剛才誰也沒有注意到它，現在突然出現在水面。浮標在水面一升一降地跳動。他激動地說：「馬忠落水之前浮標也是這樣的！」

馬忠的伯伯忙劃水踢腿游了過去。這時，釣竿在馬忠的伯伯造成的水波推動下，向更遠的方向漂去。馬忠的伯伯急了，更快地向釣竿靠近。可是那個釣竿故意跟他鬧彆扭，以相同的速度漂走。浮標仍然一升一降地跳動，所有人的心都跟著它一跳一跳。

「我操他媽的！」馬忠的伯伯氣喘吁吁地罵道，一巴掌拍在水面，激起無數的浪花。

「別急別急。」幾個人一起圍過去，對釣竿展開了半包圍，把釣竿向岸邊逼過去。

釣竿退到岸邊，撞在了岸堤上，停止了移動。馬忠的伯伯迅速伸手將釣竿抓住，提起來。釣竿上什麼也沒有，浮標、魚鉤、絲線都還在。「媽的，我還以為上面有魚呢。」馬忠的伯伯罵道。

「你看。」一個人指著魚鉤說。其他幾個人湊過去。

魚鉤上面纏了幾根細小的毛髮，大小長短跟人的毛髮差不多，只不過那是綠色的，像水草漂浮物一樣。

「這是什麼？」有人問道，「難道剛才是它帶著釣竿漂動嗎？」

馬忠的伯伯罵道：「盡胡扯！快點找人吧！」

他們抱著不放棄的心思從中午一直找到月亮升起，田間的蛙聲像浪水一樣此起彼伏地響了，他們還是沒有找到馬忠。這時起了點點微風，待在水庫裡的人感覺到了陣陣的寒意。

月光灑在微風掠過的水面，波光粼粼，如一條鯉魚背。

馬忠的伯伯哭喪著臉，自言自語：「媽的，就是淹死了，到現在屍體也應該浮起來了啊！活要見人，死要見屍啊！」

水裡的人凍得嘴唇紫了。馬忠的伯伯只好招呼大家上岸，放棄了搜救。

他沒有把他和馬忠偷窺那對男女的事情告訴別人，只說馬忠是釣魚的時候滑到水裡的。

他當時認為偷窺的事跟溺水的事是毫不相干的，告訴他們不但沒有用，還會被大人們笑話一番。

一連等了三天，水庫裡還是沒有見浮起馬忠的屍體。馬忠的家裡人只好紮了一個稻草人，使其穿上馬忠生前的衣服，哭哭啼啼地放進棺材埋葬了。那年過年，水庫裡的魚獲得了大豐收。網上來的魚有扁擔那麼長，兩三個人才能摁住。

由於地理位置原因，我們那一帶經常發生水災。為了防止水漫出來，河堤逐年加高，

高出了一般的山頭。到了多雨的季節，河堤一旦崩潰，河堤下的村莊小鎮就會整個被洪水吞沒。許多人在毫不知情甚至在睡夢中葬身水底。

等到洪水退去，各個池塘水庫河流的魚異常活躍，魚大得驚人。有的人在魚嘴裡發現人的手指，有的人在魚肚裡找到金戒指。

香煙寺的和尚沒有圓寂之前，經常給一些被水泡得腫大透明的死人超渡。看見那些被水溺死的人，讓我想起沒有殼的鴨蛋。十幾年前，有這樣一種養鴨人，他拿一根長長的竹竿，趕著一大群的鴨子從這個村走到那個鎮，跟居無定所的養蜂人相似。如果這麼多鴨子養在一個固定的池塘裡，很快池塘裡的水會變黑發臭，所以養鴨人趕著鴨子順著有水的地方走，一路拾撿鴨蛋，並順路賣給當地的人。

一些小孩子在養鴨人經過的地方尋找漏掉的鴨蛋。由於水長久的浸泡，撿到的鴨蛋往往是沒有殼的，外面只有一層軟膜包著。拿起來對著太陽光照，還能看見中間圓圓的蛋黃。

當然，更多的人已經成為魚的食物，促使魚瘋狂地生長。

洪水過後的地方，很多屍體就如這樣的沒有殼的鴨蛋。

馬忠的媽媽看見水庫網上來的大魚，哭得成了淚人。

馬忠溺死之後，他很長一段時間沒有去那裡偷窺。但是事情並沒有因此而停止。

41

事情的起因是那個被血染紅的床單。

「被血染紅的床單？」爺爺瞇著眼問道，手裡煙霧嬝嬝。

「對，都怪那個被血染紅的床單。」他說，右手捏住左手的大拇指，用力地搓揉。

時間的刻度調到幾天前，馬路平結婚的大喜日子之後一天。馬路平就住在他家的前面，幾十步的距離。

馬路平在廣州打工多年，今年回來，帶回來一個外地的女人。馬路平沒有出眾的長相，也沒有出色的能力，偏偏帶回來的女人柳葉眉，櫻桃嘴，水蛇腰，操一口不是很標準的普通話。馬路平一直穿綠色的假軍裝或者灰不溜秋的中山裝，那是20世紀80年代就已經淘汰的著裝。那個外地來的女人卻穿得非常時髦，蓋不了肚臍眼的短裝，豔得耀眼的短裙，這穿著在當時的社會已經算很前衛了。她還畫上眉毛粉上胭脂塗上口紅，這本來應該是錦上添花，但是在土頭土腦的馬路平襯托下，卻妖豔得像個妓女。

村裡人當著馬路平的面直誇他有出息，討了個城裡的老婆，有豔福。可是背地裡卻盛傳另一種說法——那個外地的女人是馬路平花錢買回來的妓女，是城裡其他男人玩膩了的

騷婆娘。

馬路平和那女人的差距確實太大，也難怪閒來無事的長舌婦、長舌男這麼想。馬路平早已猜到大家會這麼想，原因很簡單，如果換作別人帶來這麼個女人，他看見了也會這麼想。

馬路平結婚的那天，很多人來道喜，真心道喜的當然有，但是其中也不乏說些風涼話一語雙關的人。馬路平不管來者有何居心，一一爽快地敬酒喝酒倒酒，故意誇大地把喜慶的氣息掛在臉上，見了每個人都哈哈大笑，又是拍胸脯又是拍後背，像凱旋慶功的大將軍。

他當天也在馬路平家喝喜酒。一身紅裝的女人更加顯得妖嬈動人。

晚上喝完喜酒鬧完洞房，各人回各自的家，雖然看著馬路平的媳婦眼饞，也只能對家裡的黃臉婆發洩一番。

當晚，馬路平家的燈一直沒有熄滅，照著粉紅的紙窗到天亮。

第二天一大早，經過馬路平家門前的人都看見了一塊床單，中間一塊血色像臘月的梅花一樣綻放。那塊床單晾在曬衣的竹竿上，隨著清冷的晨風招展，像一面勝利的旗幟。許多人看到那面旗幟自然想到那個被懷疑成為妓女的女人。

馬路平端一把凳子坐在床單下面，得意地抽菸。見了熟識的人還要拉到床單旁邊來，

222

恭恭敬敬地遞上一根上好的香菸。只差要人家摸摸那塊血跡檢驗真假了。

傳言自然銷聲匿跡。

那天，他也起得很早，出門的第一眼就看到了那面紅色中心的旗幟。那面旗幟的紅色像火一樣引燃了他壓制已久的慾望。他很自然地想到了馬路平和新媳婦疊在一起的情景。

頓時，一股熱血湧向他的下身。

馬路平和新媳婦疊在一起的畫面怎麼也消退不了，他彷彿親眼看見馬路平律動的身體和冒汗的皮膚，看見新媳婦在馬路平的底下哼哼唧唧。他抑制不了自己的胡思亂想，他想像著自己趴在馬路平一夜未熄的窗前，從空隙裡偷窺馬路平和新媳婦的交歡。

他繼續想像著，呼吸急促。他彷彿看見馬路平緩緩轉頭，向窗戶這邊看過來。他想躲藏已經來不及，馬路平看見了偷窺的他。馬路平沒有責怪他，而是投給他一個笑。

他忽然看見馬路平變成了山上的那個男人，他再看躺著的女人，也變成了山上那個女人。他又看見那雙像水豆腐一樣蕩漾的乳房，看見了男人背後的刀疤。他不禁額頭冒出冷汗。

正當他天馬行空地想像時，他的媽媽吼了一聲：「兒子，傻愣愣地站著幹什麼呢？」

他被這一聲驚醒，擦了擦額頭的汗珠，慌忙鑽回屋裡。

他的媽媽看著兒子異常的表現，皺了皺眉頭，又搖了搖頭，提起一桶衣服去了洗衣塘。

他關上門，獨自一人躺在床上，兩眼無神地盯著屋頂。

怯生生的腳步引領著他回到水庫旁邊，又引領著他走到馬屠夫屋後的山上。

在那棵茶樹後面，他猶豫了好久，他做了無比艱難的思想鬥爭。可是他一閉上眼睛，就看見那個飄盪的染血的床單，就想起一對男女交歡的畫面。畫面裡有時是馬路平和新媳婦，有時是原來偷窺的男女。

他就這樣傻愣愣地在茶樹後面站了一個上午，神遊太虛。

突然，一陣腳步聲將他驚醒。他條件反射地躲藏到茶樹後面，輕手輕腳伏下來。

原來是那對男女。他們又來了。

他屏住呼吸，靜靜等待。他們又一次在他的眼前黏合在一起。這次是真實的，不再是他單純的想像。那對乳房，那條刀疤，又重新出現在他的眼前。那個女的緊緊抓住身邊的青草，盡情享受男人給她帶來的幸福。

他似乎又回到了一年前，回到了夥伴馬忠還沒有溺水之前。他恍惚看見了身旁的馬忠。

馬忠目光炯炯地盯著前方，臉上出了豆大的汗珠，一手捏住褲襠。

一陣風拂面而來，他不禁打了個冷顫，渾身起了雞皮疙瘩。臉上涼冰冰的，他抬手摸

224

了摸臉，是津津的汗水。他心頭大疑！

以往都是馬忠臉上出汗，他自己卻從未有過這樣的狀況。他自己頂多呼吸加快，下身難受而已。

那一刻，他以為自己就是馬忠。他掉頭看了看旁邊，他看見了自己！他的濃密的眉毛，他的略塌的鼻子，他的長痘的臉。他像對著鏡子一樣，看見自己就在自己的旁邊。

那一刻，他以為馬忠附在他身上。

他把眼光重新對向前面，那對男女不知什麼時候已不見了！

他神情恍惚地站起來，頭暈得厲害，扶著茶樹站立了好一會兒才清醒一些。再看看旁邊，什麼都沒有。自己的影像不見了，馬忠的影像也不見了。

他拖著疲軟的步子，走到那對男女交合的草地。

42

他左顧右盼，四周並無一人。難道是眼花？他暗自問自己。

虛弱無力的他下了山往回走，走到馬忠落水的地方時，他心裡一驚。

就在這時，他聽見水裡「嘩啦」一聲，似乎有魚躍出水面。他循著聲音望去，不禁大吃一驚！

一個紅白相間的浮標立在水面，隨著它的一升一降，推開了一圈又一圈的波紋。那不是馬忠的釣竿上的浮標嗎？浮標上頭貼了一塊透明膠布。

他記得馬忠的浮標壞過一次，馬忠用透明膠布黏好了裂縫繼續使用。

為了確定不是眼花，他挪動腳步靠近岸堤的邊緣，仔細查看活躍的浮標。果然是馬忠的浮標。可是，浮標的旁邊沒有看見釣竿或者纏繞的絲線，那麼浮標怎麼就升降不停呢？

難道是魚在啄食浮標的底部嗎？

忽然，他的腳下一滑，岸堤邊緣的泥土垮塌了下去。他驚叫一聲，身體失控，掉落在水裡。他用力地一撲騰，雙手搭在了岸堤上。他感覺到雙腿被什麼東西緊緊纏住，根本無法踢踏水使身體浮起來。

這時，一個人抓住了他的手！那人使勁拉扯他，可是他感覺腳上承受了百千斤的力量。

那人罵了一句什麼，將手裡的一個玻璃瓶砸向水裡。幾滴水灑在了他的臉上，他聞到了酒水的香氣。很快，他的腳輕鬆了許多。那人狠命一拽，他就被提出了水面。

抬頭一看，救他的人原來是村裡掄大錘的鐵匠。這個鐵匠手臂的肌肉特別發達，掄起大錘擊向灼熱的鐵塊時毫不含糊。可是就是這個鐵匠，把他拉出水面後跌坐在潮濕的岸堤上，上氣不接下氣。

「操，你差點被綠毛水妖給拖走了！」鐵匠驚異地說，「幸虧我剛打酒回來，把一瓶的酒都灑到綠毛水妖的頭上了。算你小子命大。」

「剛才是綠毛水妖拖住了我的腿？」他驚魂未定地問。返身看看水庫，剛才還一片清澈的水現在已經是混濁不堪。整個水庫像煮沸了似的翻騰起來，又像無數的大魚在水下吐泡。在翻騰的水中，有無數的青絲綠藻隨著水流旋轉翻騰。那些絲狀的東西正是馬忠溺水時在魚鉤上發現的綠色毛髮。

鐵匠不由自主地往後退，生怕接近這些可怕的綠色怪物。

他也心驚膽顫地往後退縮。

鐵匠說：「剛才救你，這些綠色毛髮都纏在你的腿上，才小小的一團。現在卻像開水中的胖大海一樣，發散到了整個水庫。」

不一會兒，許多魚浮到水面，張開大嘴對著天空吐氣。

「它們缺氧了。」鐵匠呶呶嘴，對他說。

他看了看自己的手指，指頭皺了起來，是在水中浸泡久了的表現。夏天的時候，家裡人一般是不允許小孩成天泡在池塘裡的。可是小孩禁不住打水仗摘蓮子捉魚兒的誘惑，偏偏戀在水裡不願意上岸。等到小孩子傍晚回來，家裡的父母會拿起小孩的手看看，如果指頭起了皺，就說明小孩子在水裡玩得太久，就要懲罰孩子教他收起玩心。

他看著皺起的指頭發呆了，我沒有在水裡待多久啊，不就腳被纏住了不一會兒嗎？怎麼指頭就皺了呢？

他擔心地問了鐵匠。鐵匠抓起他的手一看，大叫道：「完了，小子，你的魂魄被綠毛水妖奪走了。你現在是上來了，可是你的魂魄還在水裡呢，它們還沒有上岸呢！完了完了，你這小子肯定要死了，不死也要變成傻子。」

鐵匠的話說到一半，他的鼻子就流出烏黑的血來。接著，他感到天旋地轉。鐵匠連忙過來扶住他，將他送到家裡。

他的媽媽聽鐵匠把事情的經過說了一遍，頓時嚇得腿軟。當晚給兒子熬了一碗湯喝了，緊接著，她就夢見她的兒子仍然落在那個水庫，兒子拼了命地向她呼救。她伸手去拉兒子，可是費了好大的勁兒子仍爬不上來。她埋怨兒子不用

她又慌慌張張跑到土地廟祈求，半夜才回到屋裡。她的腦袋一碰著床就入睡了。

228

力，說，你用腳踏水啊，你踩住岸上的泥巴我才能拉你上來啊。兒子說，媽媽，我的腳底下有很多油菜籽，腳下滑爬不上去。她使勁兒把兒子往上提，可是費盡了勁還是不可以。

「這是怎麼回事呢？」她問爺爺道。

爺爺說：「鐵匠說得對。你兒子的身體雖然救上了岸，可是魂魄落在水裡了。我剛才去水庫看了，水面上確實有很多油菜籽，跟你夢裡的情形不謀而合。照這樣的情形來看，你兒子看到的那個女人應該就是綠毛水妖。」

「啊？」她大吃一驚，差點兒從椅子上滑落下來，「真是綠毛水妖要加害我的兒子啊？是它撒了油菜籽在水面上吧！」

爺爺說：「我看她是鐵了心要害你的兒子了。僅僅知道綠毛水妖害你兒子是因為偷窺，這還不夠。我們還得弄清楚這個綠毛水妖的來源。」

我補充說：「還有那個老往山頂上走的男人。」

爺爺點點頭，拿起茶杯，將裡面的水喝得嘩嘩響。我從爺爺的肢體語言知道，杯子裡的水還很燙。

「那我們從哪裡得知它們的來源啊？」她為難地問道，「難道要我們親自去問它們嗎？

綠毛水妖是不是就是水鬼？」

爺爺說：「我們不用去問它。綠毛水妖有它自己的形成原因，它跟水鬼不是同一類。水鬼是人淹死在水裡後形成的。而綠毛水妖不是直接淹死在水裡的，它是埋葬之後被水浸沒了墳墓而形成的。不過，它死之前一定受了什麼怨氣。後來由於什麼原因，水淹沒了墳墓，滲透到了棺材裡，將裡面的屍體泡得長了綠毛，從而形成了綠毛水妖。」

湖南同學站了起來。

「呃，今天的故事比較連貫，有些煞不住。呵呵。好啦，剩下的要到明天零點了。」

「看來要通曉我們中國的古文化，還得學習繁體字哦。」坐在我身邊的同學感慨道。

「繁體字本身就是我們偉大古文化的一部分。」我說道，「語言是交流的工具，如果不熟悉古代的字，又怎麼熟悉古代的文化呢？」

「以前我總覺得奇怪，我們是工科學校，為什麼課程安排裡還設置語言文學之類的？

我現在覺得……哈哈哈……」這個同學點頭不迭。

我們幾人相視而笑。

230

苦命鴛鴦

43

他喝了一口水，昨晚的故事繼續……

滴答，滴答，滴答。

正在我們在馬家談論間，一個老婆婆走了進來。她是隔壁的五保戶⑨。

「我聽到了你們的談話，我知道那個綠毛水妖是誰，我知道整個事情的經過。」

「您老人家知道？」爺爺問道。

她極其認真地說：「我早說過那個女子是要成為綠毛水妖的，可是她家裡人不相信，還怪我人老糊塗了亂說話。」

「她的家裡人？」爺爺問道，「她還有家裡人？」

那個老婆婆點點頭，接著說：「那件事好像有很多年了，那時我的老伴還沒有去世。」

老婆婆陷入了她的回憶中。她的語速很慢，說話比較含糊，不過記憶還算清晰。

很多年前，具體多少年老婆婆也不記得了，與畫眉村隔著老河相望的，是方家莊。方家莊有一個出了名的漂亮女子，十七八歲就出去打工。那個女子名叫冰冰。

232

冰冰不是方家莊的人，她是方家莊的一對老人在路邊撿回來的。那年頭重男輕女的思想很嚴重，撿到女嬰是很平常的事。這對老人本來也不想要冰冰，可是這對老人膝下無子，孤苦伶仃，就要了這個女嬰做伴。

冰冰長到十七八歲，出落得像一朵芙蓉。可是，似乎美貌總是跟病痛聯繫在一起，冰冰有一種奇怪的病——下不了農田。她的腳只要在水田裡站半個小時，就會腫得嚇人。

可是，兩個老人實在動不了了，飯菜都要送到嘴邊。農田裡沒有人幹農活的話，一家三口都要餓死。於是，冰冰出去打工，定期把薪金寄回來給老人生活。

日子就這樣平淡地過了一天又一天。

到了冰冰20歲的時候，兩個老人心想，這個撿來的女兒到了談婚論嫁的年齡，是該找個女婿了。這樣的話，女婿就可以幫忙幹農活，冰冰也不用在外辛苦打工。

那時還沒有電話，兩個老人就托附近的小學老師給遠方的冰冰寫了一封信，叫冰冰回來相親。可是冰冰不見回來，也不見回信，錢還是定時寄回來。

兩個老人就有些不樂意了，懷疑女兒在外面學壞了，不想回家了。雖然定時有錢寄回來，可是不如有個女婿種農田安心。他們倆想了個招，叫小學老師寫信說他們二老病了，

9.五保戶：五保物件指農村中無勞動能力、無生活來源、無法定贍養扶養義務人或雖有法定贍養扶養義務人，但無贍養扶養能力的老年人、殘疾人和未成年人。

叫冰冰趕快回來見最後一面。

這一招果然奏效，半月之後，冰冰回來了，一路哭哭啼啼，走到家門前就跪在地上起不來了。

兩個老人卻健健康康地打開大門迎接久不見面的女兒。冰冰一看兩個樂呵呵的老人，傻眼了。

兩個老人一看冰冰，也傻眼了。冰冰的背後還站著一個陌生的男子。

兩個老人忙把冰冰拉進家裡，把那個陌生的男子關在門外。細細詢問怎麼回事，冰冰說，那個外面的男子是她打工認識的，是外省人，很老實，打工的時候經常關照她。

你自己談對象？兩個老人緊張地問，臉色變得不好看了。

冰冰點頭。

還是外地的？

冰冰又點頭。

不行！老人一口氣咬定。

為什麼？冰冰著急地問道，不過她看見兩老的神情，知道自己再怎麼抗爭也不會打動他們了。

外地的靠不住。萬一他一撒腿跑了，誰給我們養老？老頭子蠕動枯皺的嘴唇，硬生生地說。還有，還有妳怎麼辦？

老太太拍拍老頭子的身體，說，你糊塗啦？人家不是來做上門女婿的吧，他要把冰冰帶走呢。外地是哪個地方？一年半載也見不了面吧？我是不肯答應的，找個本地的多好，外地的就比本地的香？比本地的好看？我看未必！

冰冰哀求了半天，兩個老人仍然無動於衷。

那個男子在外面等到了天黑，還不見冰冰出來，心裡急得要命。可是他又不敢闖進去，怕給兩個老人留下的印象不好，後面的事情會弄得更加糟糕。所以，他只好在外面乾著急。

兩個老人就是不允許女兒出去，把冰冰關在裡屋，威脅說，你要出去我們二老當場喝老鼠藥，死在你面前。冰冰又是勸又是鬧，可是兩個老人軟硬都不吃，一把鐵鎖將冰冰鎖在裡屋，丟下一句，妳好好想想吧，別到時候被外地人騙了，還怪我們兩個老人沒有勸你。

老人將冰冰鎖住後，出門來舉起掃帚就驅趕陌生男子。那個男人不敢還手，一直躲，跑到老河邊。

男子看老人回去了，就在老河旁邊坐下來，喝了點老河的水，吃了點隨身帶的東西。

他脫了塊衣服墊在草皮上，然後躺下來，就這樣等到了第二天早上。

可是，第二天他沒有等到老人通融的好消息，卻等來了冰冰的噩耗——冰冰喝老鼠

自殺了！

兩個老人第二天早上打開裡屋的鎖，看見冰冰口吐白沫。她吃下了兩個老人藏在衣櫃裡的老鼠藥。老人買老鼠藥原本是為了毒咬房樑的老鼠，並不是真的想以此威脅冰冰，可是冰冰居然先一步吃了！

事情來得太突然，誰也沒有準備。兩個老人號啕大哭，白髮人送黑髮人。他們把冰冰安葬在水庫旁邊。那時候，水庫的水位沒有現在這麼高。後來洪水氾濫，水庫的水位升高了許多，將冰冰的墳墓淹沒了。

那個陌生男子見冰冰自尋短見，發了瘋似的大喊大叫，捶胸頓足。他在冰冰埋葬後不久，在水庫旁邊的山頂上自縊身亡。砍柴的人發現他的屍體時，還發現了一封親筆遺書。他說他希望死後能埋葬在這個山頂，天天望著水庫旁邊的心愛的人。附近的居民按照他的要求，簡簡單單就地埋葬了。

沒過多久，兩個老人也先後死去。所以水庫水位升高的時候，沒有人關注冰冰的墳墓。

再說了，水災氾濫的時候，誰還有心思來關注這個撿來的女子？

當初埋葬冰冰的時候，這個五保戶老婆婆就特意跑到方家莊說了，恐怕水庫漲起來後

冰冰會變成綠毛水妖。可是誰也不相信她的話。

「現在好了，」老婆婆說，「冰冰真變成綠毛水妖了。」

44

「原來是這麼一回事啊！」爺爺感嘆道，「那麼，我們首先要處理的是綠毛水妖，然後才能救起孩子的魂魄。」

我從《百術驅》上瞭解了對付綠毛水妖的方法，可是問題是怎麼把綠毛水妖引出來，並且留出時間跟她爭鬥。

爺爺像看穿了我的心思似的，眼睛盯著我說：「我們可以到那塊草地上去會他們。當然，他們可能已經知道我們要對付他們，隱匿起來不直接跟我們對抗。」

「對啊，如果他們這樣，我們怎麼辦？」我說。

爺爺說：「那我們先對那個男的墳墓下手。綠毛水妖可以隱匿在水庫裡，可是那個男人的墳墓總不能長了腳跑掉吧。」

「那倒也是。」

爺爺安慰孩子的媽媽，又安慰孩子，說一定幫他們的忙。孩子的媽媽感激地送我們出來。

接下來兩天，我和爺爺在馬忠原來待過的茶樹後面等待綠毛水妖出現。綠毛水妖果然那幾天一直沒有出現。

「他們肯定知道我們的行動了。」爺爺說，「我們用其他的方法吧。」

爺爺把事先準備好的一捆紅布繩拿出來，朝我揮揮手，叫我一起向山頂走去。走到山頂，我們找到了一座被荒草淹沒的墳墓，沒有墓碑，僅有幾塊壘起的磚標記出哪邊是正面。

爺爺走到墳墓的正面，用勸慰式的口吻說：「本來是冰冰的父母拆散了你們這對苦命鴛鴦，我知道你們是有怨氣的。你們情投意合，死了還要幽會。我也不會因此插手。可是現在那兩個偷窺的小孩，一個已經淹死了，一個掉了一魂一魄。死了的不能復生，那也就算了。可是現在這個還沒有死的，我是非救不可的。」

一陣風吹來，墳墓上的荒草像水庫裡的波浪一樣起伏，似乎在應答爺爺的話。嗚嗚的風聲令人毛骨悚然。

爺爺似乎聽懂了風的語言，溫和地笑了笑，說：「你也是個通情達理的人。你們要幽

238

會，應該選個偏僻的人煙稀少的地方。雖然大中午人們都在睡覺，可是還是不太妥當嘛。

他們偷窺是不對，可是你們也有責任。」

又是一陣嗚咽的風聲。

爺爺說了聲「對不住了」，便拉開紅布繩。他在墳墓面對水庫的方向找了兩棵柏樹，將紅布繩一棵樹上繫一頭。高度跟膝蓋差不多。爺爺口唸道：「紅布繩，紅布繩，天上銀河隔一層，牛郎織女渡不能。」然後將兩張黃紙符分別貼在兩棵柏樹上。

風突然變得非常大，吹得我睜不開眼睛，頭髮直向腦袋後面拉伸。衣服在風的鼓噪下呼啦啦的響，舉步維艱。

那兩張黃紙符雖然沒有用力黏，可是風再劇烈也吹不下來。

爺爺震腳道：「好話說了一籮筐不頂用是不？」

風頓時弱了許多，嗚嗚地在爺爺的腳下形成一股旋風，拉扯爺爺的褲腳。爺爺並不理會，拉起我的手往山下走。那股旋風跟著爺爺走，可是爺爺跨過那條紅布繩時，旋風跟不過來了。但是旋風的聲音像一隻蒼蠅一般往我的耳朵裡鑽，那是有意識地要我們聽見。

爺爺走到水庫旁邊，爺爺停止了腳步。我揣測著爺爺將要幹什麼。

爺爺在岸邊站了不一會兒，前面兩三丈處的水面出現了水泡，像有一隻大鯉魚伏在底

下似的。爺爺笑了笑，說：「冰冰，我知道妳來了。為什麼不敢出來見我呢？」山頂上的旋風聲還在耳邊。水面又冒出「汩汩」的水泡聲。這兩個聲音交織在一起，如同一首幽怨曲。

水泡慢慢地朝我們移動過來。我不禁後退了兩步。爺爺依然微笑著等待它的靠近。

水泡挨近岸邊，不再靠近。

爺爺蹲下來，對著水泡說：「如果妳要來找我，請到北面的畫眉村。妳順著老河走，走到那個橋邊，然後上岸，再順著大道走，走到大道的盡頭，然後向左拐。再走個百來步就到了我的家。」

我在旁邊聽得目瞪口呆。從來只有我們出去捉鬼的，這次難道爺爺要綠毛水妖送上門來嗎？我不理解。

爺爺的話說完，水庫裡的水泡漸漸地消失了。我隱隱感覺到水底下有只大鯉魚擺動它笨拙的尾巴緩緩離去，重新鑽入稀軟的淤泥。

爺爺看著水泡慢慢消失，雙手支腿站起來，說：「亮仔，我們走吧。」

我問道：「這樣就可以了嗎？」

爺爺自信地點點頭，順手摸出一支菸點上。

我說：「爺爺，不要老抽菸。要你戒菸就不說了，說了也是耳邊風。但是你可以一天

240

少抽幾根啊。」爺爺笑笑，並不搭話，兀自抽菸。

回到家裡，爺爺搬出姥爹曾經坐過的籬椅，放在屋前的地坪中央。

媽媽跟我說過，姥爹老得不能動的時候，就經常坐在這個籬椅上。那時我還不到五歲，

姥爹總喜歡把我也放在籬椅上，讓我在姥爹的身上打鬧。

人家說小孩子五歲之前是沒有記憶的，可我記得姥爹剛死的那天。那天我到了爺爺家，

唯一一次看見姥爹沒有坐在籬椅上，而是躺在房中央的門板上。那時的我根本不知道人還

有死的說法，以為姥爹在門板上睡覺呢。我就在姥爹的旁邊打滾，責怪姥爹不把我放在籬

椅上。我還疑惑，爺爺媽他們怎麼在姥爹旁邊哭呢？

那是我在五歲之前唯一的記憶。你要再問我五歲之前還有什麼別的記憶，我會搖搖頭。

雖然我還記得這唯一的場景，可是我已經記不起姥爹的模樣了。雖然我可以回憶起我在已

經僵冷的姥爹旁邊打滾，可是我透過朦朧的回憶怎麼也看不清姥爹的臉。

我想，使我能回憶起這些的，還要歸功於這把老籬椅。它是我回憶的線索。難怪爺爺

說，如果某個人看到了特別的東西，有可能使那個人回憶起前世的事情。我想，那個特別

的東西肯定在他的前世有非常大的意義，所以使他下輩子都不能完全忘記。我們不能回憶

起前世，也許是因為一直沒有遇到那個特別的東西。

45

我們村有個小女孩，名叫兔兔。她媽媽在兔兔7歲生日的時候送她一串漂亮的風鈴。

兔兔接到這串風鈴的同時，突然記憶起了她上輩子的事情。她說，她上輩子臨死時，她的媽媽也送了一串風鈴給她。

兔兔的媽媽不相信孩子的話，以為她嚇唬自己呢。但是，兔兔認真地說出她前世出生的地方。她說，她前世的家在湖北的某個地方。

她的父母問她具體的位址，她想都不想就答出某個村落地址，又說她的家前有一棵梨樹。那是一棵石梨樹，長出的梨子和石頭一般堅硬，能硌壞牙齒。又說她前世的爸爸長著絡腮鬍子，親她的時候很扎人，前世的媽媽特別高，比她那個爸爸還高出一個頭。

從此，兔兔經常說起前世的事情，有板有眼，有根有據。她的爸爸媽媽聽得目瞪口呆。

一個七歲的孩子，經歷的事情要超出她的年齡很多。

她的爸爸媽媽坐不住了，終於下定決心去兔兔所說的前世的地方去看看。他們按照兔兔說的，果然在湖北找到了這樣一個地方。那個破舊的房子也如兔兔說的一模一樣，屋前果然種植著一棵石梨樹。

屋裡還有人住，兔兔的爸爸媽媽詢問了一些，得知兔兔口裡的那二人曾經是這間房子的主人，不過現在都已經遷走了。

兔兔的爸爸媽媽問道，曾經在這裡住的人家是否有一個女兒死去了？

屋裡的人說，是的。那人又指出孩子墳墓的所在地。

兔兔的爸媽來到墳墓前，發現墳墓前有一串鏽跡斑斑的風鈴。兔兔的爸媽在墳前燒了很多紙錢，又請人在那裡唸經禱告。唸經的和尚告訴兔兔的爸媽，回去之後一定要給兔兔吃清蒸的鯉魚。和尚說，「清」即「清理」，「鯉」即「理清」，理清前世的回憶。

幾天後回家，兔兔的爸媽給她吃了一條鯉魚。兔兔當晚高燒不退，醫生打針餵藥都沒有用。高燒自然過後，兔兔再也記不起前世的東西。即使她的爸媽問起以前兔兔說過的事情，兔兔也茫然地搖搖頭，表示聽不懂。

那個風鈴就是引出兔兔對前世回憶的特殊東西。還曾有新娘在結婚典禮上交換戒指時，突然想起前世的情人，想起了前世很珍愛的戒指。

有時，我就天馬行空地想，什麼時候什麼地點，我會不會也遇到能引起我的前世回憶的特殊東西。如果回憶起了，那我前世是個什麼樣的人？做過驚天動地的事情嗎？是不是有一段浪漫的愛情？

有時，我想，我現在喜歡的那個女孩，是不是前世跟我有什麼聯繫？為什麼今生我就喜歡上了她？

在我傻愣愣地想著這些亂七八糟的東西時，爺爺已經在籐椅上坐下了。一壺茶放在籐椅下，一根菸叼在嘴上，一把蒲扇搖在手中。他在等待綠毛水妖的「光臨」。

我想，爺爺的前世也許是一頭水牛。

我把我的想法說給爺爺聽了。爺爺爽朗地笑起來，用枯黃的手指捏我的臉。我討厭爺爺的這個動作，這個動作在我有記憶的時候就開始了。但是我現在已經讀高中了，不再是他的小跟屁蟲了，不再是看不見他就哇哇地哭的小無賴了。我已經長大了，我不願他還把我當作一個穿開襠褲的小娃娃。

他那樣捏我的臉，證明還沒有意識到他的外孫的個頭已經跟他差不多高了。是的，他的外孫已經長大了，甚至可以獨立捉鬼了，因為我已經將《百術驅》上的內容學得差不多了。只要綠毛水妖肯出現在這裡，我一個人也行，是因為害怕爺爺衰老得太快。

我之所以不敢在他面前表現出我一個人單獨也能和它對抗一番。

有這麼一個說法，我不知道是不是真的。比如鐵匠，一個老師傅帶一個年輕的徒弟，年輕的徒弟總要老師傅指點很多，老師傅也會將看家本領保留不教，怕徒弟學成了跳到自

244

己頭上來。一旦有一天徒弟學到了他的看家本領，不再需要老師傅教導的時候，那個老師傅會突然變蒼老很多。這在捉鬼的方術之士裡表現尤甚，如果帶的徒弟突然不經意在沒有師傅的情況下解決了非常棘手的問題，那個師傅就會很快變老，贏弱不堪。

所以，爺爺在場的情況下，我總表現得很需要他。

爺爺問我：「你為什麼覺得我前世是頭老水牛呢？」

是啊。為什麼呢？

爺爺養過好幾頭水牛了。不論剛買來時有多麼暴躁蠻橫，每一頭水牛都被他馴養得服服貼貼，很通人性。別人的牛稍微看管不仔細，便會跑到水田裡偷吃水稻。而爺爺養的水牛就是丟在雜草和水稻交錯的田埂上，也不會趁機偷吃水稻。它會乖乖地用嘴頂開水稻吃遮蓋在下面的雜草。

並且，爺爺從來不養黃牛，一輩子只養水牛。我問過爺爺為什麼不試著養頭黃牛。黃牛不用經常餵水。爺爺看著水牛拳大的眼睛，舒心地笑。我便不再逼著問他。

我沒有把這些想法說給爺爺聽，只是朝他那張溝溝壑壑的臉笑了笑。爺爺也回以同樣的笑。我們不用語言表達也可以心意相通。

「你說，綠毛水妖今晚會來嗎？」爺爺問我，卻好像不在乎我的回答似，慢慢喝下一

245

口茶。我看著爺爺的枯黃的手指想，如果把那兩個手指浸在茶水裡，茶水會不會變成黃色？

我說：「爺爺，你心裡已經有了答案，何必來問我呢？」

爺爺笑了。眼角的皺紋延伸到了耳鬢。

「如果綠毛水妖不來呢？」爺爺歪著腦袋問我，眼光閃爍，如曠野裡一隻孤單螢火蟲的尾巴。

一絲哀傷湧上心頭。

我頓時百感交集。我吸了吸鼻子，說：「爺爺，它會來的。它一定會來的。」

爺爺點點頭，喃喃道：「嗯，它會來的……」

46

一輪圓月升起來了。

爺爺的屋前有一棵年齡比爺爺還大的棗樹。在月亮的照耀下棗樹的影子就斑駁地打在爺爺的臉上。從我這個角度看去，爺爺似乎變成了另一個我不認識的人。爺爺的臉上一直

掛著笑容，可是在棗樹影子的混淆下，那個笑容是如此的複雜。

圓月彷彿是天幕的一個孔。透過那個孔，我看見了天外的另一層天。難道九重天的說法正是源於此嗎？

月明則星稀。星星如睡意朦朧的眼，在月光的襯托下顯得十分微弱。棗樹也是如此。

每年的春天，這棵老棗樹的周圍總會生長出一些嬌嫩的小棗樹。我期盼著爺爺的屋前長出一片稀疏的棗樹林。這樣就不用擔心附近的孩子們在夏天將棗樹上的果實打得一乾二淨。

可是，我的期盼總是得不到實現。那些新生的小棗樹陸續地枯萎死去，沒有一棵能夠在老棗樹的旁邊開花結果。

有時我想，是不是老棗樹也像打鐵的老師傅一樣，害怕新生的小夥子搶佔了他的風頭。

不過，我清楚地知道這棵老棗樹已經接近枯萎，已經不起大風的吹刮了。

每次暴風雨過去，它都會掉下幾截僵硬的樹枝。並且傷疤那塊不再有新的枝幹長出來。

掉下的樹枝，不用曬，稍微晾一晾，便在燒火的爐灶裡燒得劈劈啪啪。它的樹枝已經乾枯如柴。

爺爺抬頭看了看天上的月亮，重重地嘆了口氣，接著劇烈地咳嗽起來。我預感到，他的時代已經和老棗樹一樣正在消褪。

「她來了。她果然來了。」爺爺瞇起眼睛看著前方。我順著爺爺的眼光看過去，並沒有發現什麼東西。

「在哪裡？」我問道。

「她已經上橋了。」爺爺笑了，笑得有些得意。

「上橋了？」

老河上有兩座橋。老河的最左邊有一座橋，叫落馬橋。那座橋離這裡比水庫還遠，爺爺說的不可能是那座橋。還有一座橋，從爺爺家出發，通過兩臂寬的夾道走出去，大概百來步，可以走到村大道上。村大道直而寬，可容兩輛大貨車。村大道從老河上過，所以老河上有一座很寬的水泥橋。這座橋沒有名字，村大道走半里路才能到那橋上。

「你看不到。」爺爺喝了一口茶，水嘩嘩地響，如低頭飲水的老水牛。

「你看不到的。」我確實看不到。且不說那座橋和這個地方的中間隔了多少高高矮矮寬寬窄窄的房屋，就是在這樣的夜色裡，我也看不了這麼遠的地方。

「你看到她上橋了？」我又問道。

「嗯。她正在朝我們這邊走。」

「你看見她的人了？」我朝前方看去，只有夾道兩邊房屋的影子，黑魆魆的一片。

「我沒有看見她的人，我只看到了她的影子。」爺爺說。

「你只看到她的影子？」我更加驚異了。從爺爺那樣自信的眼光裡，我看不到他任何開玩笑的成分。「她的人你看不到嗎？」我追問道。

「她只有影子，我怎麼看到她的人？」爺爺抬頭看著月亮。

我也抬頭看了看月亮，有些薄薄的雲像紗巾一樣蒙住了月亮的一部分。

「她只有影子？」我不厭其煩地詢問爺爺。

爺爺將看著月亮的眼睛收回，點點頭，說：「亮仔，你去屋裡把我床上的那塊黑色紗巾拿來。就在枕頭旁邊，你進屋就可以看到的。」

「唉。」我回答道，忙回身去屋裡拿紗巾。

爺爺的床還是很舊式的，不知道由什麼木做成。整張床如一間小房子，帳簾就如門簾。除了帳簾那塊，四周都是圍牆一般的木板，到成人的頸部那麼高，木板上雕刻著精美的圖。圖中有鴛鴦，有花有草，有飛禽也有走獸。

床的頂上有三塊木條。木條上墊上擋灰塵的油紙。我沒有朝上看，直接拉開帳簾在床單上尋找紗巾。

可是床上沒有爺爺所說的黑色紗巾。我翻開枕頭，也沒有發現紗巾的蹤跡。我心裡很

急，生怕在找紗巾的時候綠毛水妖來了。那樣我就看不到它的影子是怎麼走到爺爺跟前的。

我對外面喊道：「爺爺，我沒有看見黑色的紗巾啊！」

「你再看看。」

我只好耐著性子又查看一番。床就這麼大的地方，難道我的眼睛還看不到上面有沒有紗巾嗎？

我沒好氣地喝道：「爺爺！這裡沒有！」

「你再看看。」爺爺在外面回答。接著，外面傳來嘩嘩的喝茶水的聲音。他安慰我道，

「剛才是沒有，再看看就有了。」

我只好回轉頭來，再一次朝那個中間有些塌陷的枕頭看去。

就在這時，一條黑色的紗巾翩然而下，恰恰落在枕頭旁邊。我抬起頭看了看床頂，原來紗巾掛在木條上。難怪我一直沒有看到。

那條黑色的紗巾如同流過圓月的浮雲一般，緩緩降落在枕頭旁邊，讓我感覺這條紗巾就是來自外面那輪圓月。

「看到沒有？」爺爺在外面詢問道，聲音中充滿了自信和得意。

「哦。看到了。」我回道，拾起枕頭旁邊的黑色紗巾，迅速跑出去。

250

爺爺惡作劇地朝我笑笑，接過我遞上的紗巾。

「要這個紗巾幹什麼？」我奇怪地問道。按照《百術驅》上的治理綠毛水妖的方法，用不到這個東西。

「有用的。」爺爺一邊說，一邊將紗巾弄成一團，塞進袖口。

「綠毛水妖怎麼還沒有來？剛才你不是說她已經上橋了嗎？」我問道，退回幾步，站到爺爺的籐椅後面。

「別急。就到了。」爺爺說。他找了舒適的姿勢躺在籐椅上，悠閒地抽起菸來，架起了二郎腿。

47

我目不轉睛地看著漆黑的夾道，期待綠毛水妖的到來。爺爺則轉而表現出無所謂的樣子，心平氣和地抽菸喝茶。

剛才的圓月有一層薄雲像灰塵蒙住了鏡子一樣擋住了圓月的光芒，現在圓月則如被人

細細擦拭的明鏡一樣照著大地，彷彿它也目不轉睛地盯著這裡。我猜月亮像爺爺一樣，可以看見綠毛水妖是怎樣上橋，怎樣上路，怎樣走到夾道的陰影裡的。

「它來了。」爺爺的聲音很小，似乎要告訴我，又似乎只是自言自語。

夾道兩邊的房屋的影子斜斜地拉著，能分出哪裡是屋簷，哪裡是牆。蒼白的地坪和漆黑的夾道分界的地方，彷彿一個是人間，一個是地獄。

房屋影子的邊際顫動起來，如被撥弄的琴弦。

它來了。

整齊的影子邊際突出一塊黑影，如長了個膿包。那個黑影慢慢從夾道中鑽出來。它如附著在房屋的影子上的一滴水，努力地要掙脫黏附力，努力地要滴落下來。

那個黑影是一滴大顆粒的水形狀的影子，它漸漸變大，變大，如同將要滴落的水正在凝聚彙集。這個時候，房屋的影子仍在顫動，難產似的難受。

終於，那個黑影彙集得夠大了，能夠如水滴一樣擺脫黏附力了。它左右擺動兩下，掙脫了夾道的影子。房屋的影子不再震動，恢復了先前的寧靜。那個黑影的形狀開始變化，從一滴水的形狀慢慢變化成人的影子的形狀。

變化的過程簡直就是人從胚胎發育成嬰兒的過程的演播。水滴形狀的影子如羊水一樣

破裂，濺出無數大大小小的影子。濺出的影子轉瞬即逝，出現的是一個蜷縮的嬰兒形狀。

從那個新的影子中，能模糊辨別出哪裡是它的頭，哪裡是它的腳。

月亮更加皎潔，我似乎能看見月光是一縷縷一絲絲的，如同細雨從天際撒下來，又如同細毛從地上長到天空去。地面如水底，細毛如水底的水草。細毛隨著水底的激流暗湧飄盪不息。

一瞬間，我們如潛水在馬屠夫家邊的水庫裡。

不是我們在等待綠毛水妖的到來，而是我們主動去水庫求見綠毛水妖。等待的應該是它，它才是這裡的主人，接納我們的到來。一切都在綠毛水妖的掌控之中。

整個過程看不到任何實體的東西，只能看見月亮下的影子。剎那間，我驚呆了。天地間靜止了，都在看著綠毛水妖的變化。此刻間，我竟然以為自己在高中的生物課堂，月亮是老師的幻燈機，地上的綠毛水妖則是白色幕布上演示的動畫效果。

爺爺也屏氣斂息，雙目死死盯住地上的影子。

嬰兒形狀的影子繼續「發育」，它抬起頭，伸展四肢。影子的頭漸漸長出頭髮，頭髮漸漸長長。影子的四肢也漸漸長長，變粗。

不到一分鐘，在我們面前的影子已經脫胎換骨，變成了一個美女的影子。長而柔的頭

髮，凹凸有致的身段。我想，那應該是冰冰生前的形象。

這個綠毛水妖完全超出了我的想像，超出了《百術驅》中的描述。從爺爺驚訝的表情裡可以看出，爺爺也沒有料到綠毛水妖已經有了這麼強大的實力。

剛才清晰的變化，都是綠毛水妖對我們的威脅嗎？對我們的示威嗎？我心裡暗想。它在警告我們，不要把它惹惱了，因為它不是處在弱勢，它才是強者。我們根本沒有實力談條件，一切要按照它的意思來辦。

「你來了嗎？」明明綠毛水妖已經「站」在我們面前了，爺爺卻要對著它問。它的影子的形狀和方向說明它現在正「站」在我們面前。如果它有實體形象，它應該目對我們，用審視的眼光看著躺在籐椅上的爺爺和籐椅後面的我。

綠毛水妖的影子定在那裡，不再向我們靠近，一動不動。

爺爺吸一口菸，菸頭從暗紅變成通紅。四周一片死寂，我甚至聽見爺爺嘴上那支菸燃燒的聲音，菸草在高溫下「呲呲」地響。

「你剛才是在向我們展示你的實力嗎？」爺爺仍是明知故問，「你要告訴我們，你的實力不是我們想像那樣不堪一擊嗎？」

我覺得爺爺的廢話太多了，跟它囉唆這麼多有什麼用？

綠毛水妖的影子還是一動不動，靜靜地聽著爺爺的話。

「妳那點小動作，我也會。」爺爺抖了抖菸灰，漫不經心地說。

爺爺也會？我一驚。這是我事先不能想到的。難道我低估了爺爺的實力？爺爺平時根本不在別人面前炫耀他的方術，包括我在內。當然，他也不隱藏自己的能力。什麼情況下該做什麼，他清楚得很，並不因為旁邊有什麼人而改變。他就是不按常理出牌的人。

爺爺拍拍座下的老籐椅，鏗鏘有力地說：「這是我父親留下來的椅子，他名叫馬辛桐。

不知道你聽說過沒有。」

那個影子聽到這句話，稍微動了動。這是它平靜後的第一個動作。

奶奶曾經跟我講過，方圓百里的鬼都害怕已經死去的姥爹。曾經有一戶人家把新墳做在爺爺的旱地裡。爺爺的棉花都種在那裡。收來的棉花自己用還不要緊，但是如果賣給別人，別人絕不會要。因為那塊地被墳墓侵佔了一角，別人會對這裡的棉花有忌諱。

爺爺跟那戶人家交涉，那家仗著人口多，蠻不講理。十幾年前的農村就是這樣，如果誰家的人口多，特別是兄弟多、兒子多，就敢在村裡撒野。如果哪家一連生了幾個閨女，沒有一個兒子的話，就會被其他人欺負。那時兩個舅舅還小，成年的只有我媽媽，所以人家不怕爺爺。

爺爺跟那家人說了很多次，就是說不通。

48

有一次給姥爹的牌位上香，奶奶無意間抱怨起了這件事。爺爺連忙制止奶奶，說上香的時候說的話已故的人能聽見。

果然，第二天那戶人家主動來道歉，願意將那整塊地還有地裡的棉花都買下。爺爺對他們突然的轉變不理解。

那戶人家的主人說，他昨晚夢到埋在那塊地裡的先人來找他，說他的額頭被人打了。打他的正是那塊棉花地主人的父親。

他第二天一大早連忙跑到棉花地去看墳墓。墓碑已經斷為兩截了，橫躺在棉花地裡。

他吃驚不小，所以急忙來爺爺家道歉。

諸如此類的事情還有很多。總之，按照奶奶的說法，姥爹不但暗中保護家裡的子孫，還給其他鬼打抱不平，儼然鬼中的地方官。

據奶奶說，姥爹他生前就喜歡給人評判是非黑白，村裡的人有什麼事也都願意請他來評個公道。所以奶奶說，這也難怪那些鬼都怕姥爹。

每次給姥爹拜墳的時候，媽媽都要按著我的腦袋給姥爹的墓碑磕頭，祈求先人的保佑。

那時候我想，姥爹已經死了，還能保護我什麼？難道我跟我的玩伴打架的時候，姥爹還能幫我暗中絆上一腳嗎？

可是這件事過後，我總覺得每個人的背後，都有很多親人的關注。有時讓我覺得爺爺的屋子裡仍被姥爹看守著，不許任何人侵犯。姥爹就游離在我們的中間。他看著我們的一舉一動，只是我們不知道他待在屋裡的哪個角落。當看著落滿灰塵的籐椅仍擺放在堂屋，我隱隱看到姥爹像現在的爺爺一樣，斜躺在籐椅上，優哉游哉。

爺爺從籐椅上站起來，抬起腳來在鞋底撣滅香菸。

突然，房屋的影子又顫動起來。我立刻警覺起來，難道還有一個綠毛水妖埋伏在附近嗎？它會以另一個影子的形式出現在我們的面前嗎？

爺爺蹲下來，雙手抱膝縮成一團。我心中猜疑，爺爺這是幹什麼呢？

很自然的，在月光的照耀下，爺爺的影子也縮成了一團，一如剛才綠毛水妖的開始狀態。只是這個影子「胚胎」大多了。爺爺蹲在地上的時候還忍不住咳嗽了一聲。他丟掉手

中的於屁股，雙手抱緊，腦袋靠在膝蓋上，彷彿一個剛剛被警察逮捕的逃犯。這樣比喻爺

爺不好，但是很貼切。

爺爺保持那個狀態一會兒，似乎在蓄力，然後說：「看好了！」

爺爺做了個深呼吸，站了起來，微笑著盯著面前的綠毛水妖的影子。

最初我沒有發現任何異常，滿腦袋的疑問：「爺爺這是幹什麼呢？賣什麼關子？」

我無意間低頭一看，才發現了異常。

爺爺站起來了，但是他的影子仍然蹲著，雙手抱膝，腦袋靠著膝蓋，蜷縮成一團！

我頓時驚呆了！

綠毛水妖的影子也連連後退，靠著房屋的影子。我看出綠毛水妖的手腳在抖動，它也

被眼前的情形嚇住了。

這個「水滴」迴旋了幾周，漸漸向綠毛水妖的影子「滴落」過去。

爺爺的影子漸漸縮小，縮成綠毛水妖剛出現的那般大小，最後縮成「水滴」的形狀。

爺爺的影子「滴落」在房屋的影子上。更加不可思議的情形出現了。

綠毛水妖慌忙躲開爺爺的影子。

房屋的影子被「水滴」這樣一「滴落」，居然如水面一般濺起了許多水珠形狀的影子，

房屋的其他地方蕩漾起了「波浪」。

這就是一個水的世界。這裡的影子都具有了水的屬性。房屋的影子輕輕地波動，在月光下顯得更加詭異。再看看房屋，都靜靜地矗立著，彷彿它們不知道自己的影子已經發生了變化。

在蒼白的月光下，爺爺的腳下已經沒有任何影子了。我看看自己的腳下，我的影子還在。

我的影子當然還在。

「只有影子是了不得的鬼術。可是我能沒有影子，你能嗎？」爺爺笑問道。說完，爺爺重新坐在老籐椅上。籐椅的影子還在，籐椅的影子上沒有爺爺的影子。如果光看籐椅的椅子，我敢打賭說椅子上沒有人。誰都敢打賭。

看來，我真該為我的驕傲自滿而羞愧。原以為我可以超越爺爺，替代爺爺了。原來他像打鐵的老師傅一樣，還有從未顯山露水的絕活呢。

「我把妳男人擋在山頂上，不讓你們見面，就是要妳來找我呢。」爺爺拿起茶壺，直接對著壺嘴喝起茶來，茶杯閒置一旁。「我既然要妳來，就是不想和妳鬥法鬥術。我想好好地解決。」

綠毛水妖的影子點點頭。從綠毛水妖的影子可以看出，冰冰生前是多麼的風姿綽綽。

舉手投足間透露著一種優雅。

「前幾天失足的孩子的魂魄，我是非要回來不可。妳放了孩子的魂魄，我就可以讓你們重聚。」爺爺停頓一下，接著說，「但是，妳也不能再待在水庫裡。這樣其他人家的孩子還是不安全。」

綠毛水妖的影子一動不動，似乎在思考爺爺的條件。

爺爺看了看它，說：「我會把妳的屍骨找出來，將你們合葬在一起。這樣，你們也不用在荒郊野外交合了。」

我心想，要在水庫找到綠毛水妖的屍骨恐怕不容易。如果它的墳墓在水庫的最中間，豈不是要放乾水庫裡的所有水了？那水庫下面幾百畝的水田都要乾死了。種水稻可不比種小麥種玉米。水田，水田，一聽就知道離不開水。且不說其他，水庫下面的水田的主人們能讓你放乾水庫的水嗎？那可是養育著千家萬戶的生命的源泉啊。

「行不行？」爺爺喝了一口茶，問道。他又架起了二郎腿，腳尖一翹一翹的。

幾滴茶水從爺爺的嘴邊滴落下來，濺在籐椅下面。由於月光的關係，我甚至可以看見那幾滴茶水在滴落的時候反射的光芒，如顆顆晶瑩的珍珠，或如剔透的夜露。

那幾滴茶水濺在地上的同時，產生了很不一般的效果。

49

滴落在地上的茶水散化開來，如墨汁一般變成幾個黑色的圓形的影子。這幾個影子浸染到了一起，形成了爺爺剛才蹲著的影子。彷彿剛才的那幾滴茶水裡聚集了躲藏的影子，現在不過是將躲藏的影子綻放開來。

爺爺的影子是如何「滴落」到房屋的影子裡，又如何重回到爺爺的茶壺裡的？我沒有辦法知道。

那個蹲著的影子緩緩站起來，重複著爺爺剛才的動作，躺回到籐椅的影子上面。

爺爺的影子又恢復了常態。

後來，爺爺告訴我，他的那些影子的變化，全都賴以那把老籐椅。爺爺自己根本做不到那樣的變化。

綠毛水妖沒有了剛才的囂張氣焰，頭低下來，腰彎下來，像一個奴僕一樣「站」在那裡。

我和爺爺都被它的外在表現欺騙了。

它趁我和爺爺都放鬆警惕的時候，突然猛撲上來。在綠毛水妖的影子即將接觸爺爺的影子時，它忽然變成無數條魚的影子，迅速將爺爺的影子包圍起來。此時，爺爺的影子如同扔下水的飯團一般，被無數的魚影子追逐啄食。

我站在一旁，無法幫忙。如果是綠毛水妖站在面前，我可以不顧一切地衝上去踹它一腳。可是它是影子，我只能是狗拿刺蝟──乾著急。

爺爺舞動手臂，影子跟著舞動手臂，驅趕圍逼的「魚群」。可是「魚群」一趕開又圍聚上來，爺爺就是有三頭六臂恐怕也無可奈何。

「魚群」展開了瘋狂的攻擊。爺爺終於抵抗不住，影子的臉上、手上、腿上，都遭到了它們的攻擊。爺爺抵抗的手縮了回來，慌亂地摀住臉，又連忙摀住手臂，又馬上摀住大腿。爺爺疼得「啊呀呀」的叫喚。

就如天狗食月，爺爺的影子遭到攻擊的地方，變成鋸齒形狀，參差不齊。爺爺的影子正在被「魚群」慢慢地吃完。

「照這個狀況下去，爺爺的影子真要被『魚群』嚙噬！

爺爺大聲吟道：「烏雲至，月光斷。天下暗，影子亂。」然後，爺爺使勁兒一揚手，將黑色紗巾拋起。

爺爺大喝一聲，將袖中的黑色紗巾抽了出來。

262

剎那間，天色驟變。南面的天邊突然聚集了大片的烏雲，烏雲之間閃著強烈的電光。

雷聲「刺啦啦」的響。而我們頭頂的天上，圓月依舊，月光依舊。

「魚群」對爺爺的攻擊更加肆虐。

南面的烏雲迅速向整個天空漫延。雨聲也越來越近，越來越清晰。

一聲炸雷，卻不見雨下。烏雲像濃煙一樣翻湧滾動，直逼北面的天空，漸漸淹沒明鏡一般的月亮。

很快，細毛一般的月光被遮擋了大部分，天色立即暗了許多。地上的影子黯淡了許多。

頓時，我明白了爺爺的用意。

烏雲密集，完全遮蓋了月亮的光芒。整個天地立刻黑得伸手不見五指，所有的景物都被黑色吞噬，融化在這片濃黑之中。我猶如置身在墨汁瓶中一般。就是把手伸到鼻尖上，我也看不到我的手指了。眼睛跟閉上了沒有任何區別。

爺爺、老籐椅、綠毛水妖的影子，都消失了。我不知道現在的狀況到底進行到了什麼程度。

我聽見爺爺說：「綠毛水妖，你知道利用影子來對付我，可是現在我沒有影子了，你也沒有影子了。你能奈何我嗎？」

果然和我猜想的一樣。

爺爺說：「亮仔，我們回屋。」我聽見老籐椅吱呀吱呀的聲音，估計猜爺爺搬起了老籐椅。

「它傷害不到我們了。」爺爺說，一隻手在黑暗中抓住我，把我往屋裡帶。

「這就完了？」我問道。

「我們對付不了它的影子，但是，我們可以對付它的屍體。我們收起它的屍骨，它就是再厲害也沒有辦法。」爺爺邊走邊說。我納悶，爺爺怎麼可以在這麼黑暗的環境下行走自如。他走到屋簷下的水溝時跳過去，避開門前的石墩，走進大門。而我在後面一不小心踏進了水溝。由於南方雨水多，房屋的頂一般是傾斜式，屋簷下有一條排水溝。從魚鱗一樣的瓦上流下的雨水都聚集在這條水溝，排到其他地方去。

爺爺的門前有一對石墩，高不過膝，為正方體。石墩的頂部底部都是光滑的平面，四個側面上雕刻著各種精美的圖案，或是一棵古怪的樹下站立著一個人，或者是一座奇特的山上伏著幾隻野獸。曾有收藏家想收購爺爺的這對石墩，價格出到很高，爺爺也沒有答應。爺爺精確而輕易地跳過水溝，避開石墩，跨過門檻，走進屋裡。而我在後面踏濕了鞋子，撞疼了小腿，絆到了門檻。

「爺爺你怎麼不看見也可以這樣輕易地走路？」我問道。畢竟剛才放籐椅的地方和家門有一段距離。雖然知道前面有水溝石墩門檻，至少要試探著往前走吧？至少用手摸摸前面是不是碰到牆壁吧？

爺爺笑道：「呵呵，你把我的眼睛蒙起來，我也可以毫無困難地在這個村裡行走，並且知道自己的準確位置。你現在要我到誰誰家去，我閉著眼睛就可以走到。不過，這不是技巧，而是對這裡的所有太熟悉了。」

可是爺爺雙手抱起老籐椅，還能如此輕易地做到。這令我不解。

「原來這樣哦。」我輕聲道，回過頭來想看看背後的綠毛水妖，一片漆黑。

「注意門檻。」爺爺對我說道。可是我還是毫無防備地被絆倒了，一下摔進屋裡。

「我們沒有做任何事情啊？」我對爺爺說，「綠毛水妖還在外面呢。我們就這樣走了？」

不管它了？不救那個孩子的魂魄了？

爺爺鎮定地說：「我已經知道怎麼對付綠毛水妖了，它剛才影子變化的時候露出了破綻。我們沒有必要在這裡浪費時間。明天就收拾它。」

一進家裡，眼睛前面頓時明亮，5瓦的小燈泡發出柔和的光芒。我再回頭看看外面，仍然漆黑如墨，什麼也看不見。甚至連燈光也不能射進這片漆黑之中。

50

「這是怎麼回事？」我指著外面問爺爺。這時我才發現爺爺疲憊不堪的表情。

「小小的障眼法而已。」爺爺擦擦額頭的冷汗，回答道，「我不過是用紗巾擋住了月光，破壞了綠毛水妖的存在方式。從它剛才的變化來看，現在它的屍骨已經不在水底了。」

「不在水底了？那在哪兒？」我驚問道。我原想收起綠毛水妖的屍骨就可以完美收場，如果綠毛水妖的屍骨不在水底，那我們到哪兒找去？

爺爺做了個深呼吸，說：「你剛才看見沒有？它來攻擊我時，變成了許許多多的魚。」

「嗯。」我點點頭。

「所以我推測，它不再是一個完整的屍骨。它被水庫裡的魚分食了。現在，很多魚的肚子裡都有它的屍骨。」

「那我們應該怎麼辦？」

「把那些魚都打撈上來，然後全部埋葬。」爺爺語氣鏗鏘。

「這就等於將它埋葬了？」

爺爺點頭。

第二天，由孩子的媽媽出錢將水庫的魚全部買下。水庫的承包人撒網將水庫的魚全部打撈上來。

雖然綠毛水妖沒有守約，但是爺爺仍然叫人在山頂挖了一個特別大的坑，將所有打撈上來的魚都掩埋在深坑裡，然後立上墓碑，寫上冰冰的名字。

做完這些，爺爺對孩子的媽媽說：「好了，我們可以收魂了。」

「收魂」我是知道的，「收魂」又叫「喊魂」，我曾親身經歷過。那還是我很小的時候，我從山上放牛回來後便高燒不止。四姥姥說我的魂丟在山上了，叫媽媽晚上幫我喊魂。

那是我第一次也是唯一的一次「喊魂」。

晚上月亮出來後，我安靜地躺在床上，媽媽開門出去，邊走邊喊：「亮仔呀，回來呀。」

天晚了，別在外面貪玩，快回來吧！」這樣一路喊到我白天去過的山上。農村的晚上非常靜，即使媽媽走遠了三四里，我在家裡的床上仍能清楚地聽到飄飄忽忽的聲音。

媽媽每喊一次：「亮仔呀，天晚了，回來呀！」

我便要在家裡回答一次：「好，我回來啦！」

媽媽又喊：「亮仔啊，別貪玩了，回來吧！」

我又回答：「唉！回來咯！」

媽媽走到我白天到過的地方，又折回來，這一路要不停地喊，我必須不停地回答。這樣，我的魂魄聽到媽媽的呼喊，又聽到我的應答，就會乖乖地原路走回來，回到我的身體裡。

但是這個被綠毛水妖害的孩子稍微有些不同。我們要先將他的魂魄從水中救起來，然後才能「喊魂」喊回家。

孩子的媽媽在他溜下去的地方插上三根香，燒一些紙錢，然後將河燈放進水庫。紙折成的小船，船裡放一支點燃的蠟燭，便做成了一個河燈。

燭光閃閃的河燈在水面上漂泊，孩子的媽媽要跟著河燈走。河燈在哪裡碰上了岸，孩子的媽媽才可以在那個地方開始喊魂。

我和爺爺也在那裡。開始的時候，河燈怎麼也不上岸，孩子的媽媽在水庫的岸邊跟著走了半個多小時，著急得不得了。

爺爺雙手放在嘴巴前，做成喇叭狀，大喊一聲：「囉囉！」這種逗風的辦法爸爸也會。我們在田裡秋收的時候，爸爸經常這樣做，我們就可以吹到涼爽的風。爸爸在打穀機上汗水淋淋，便停下片刻，放下手中的稻穀，對著山的深處大喊一聲：「囉囉！」前面的「囉」音節喊成三聲，後面的「囉」喊成平聲。即使現在已經

268

時隔十多年，我仍能在記憶裡聽到爸爸嘹亮的像口哨一樣的吆喝聲。接著，一陣涼風果然刮來，化解天氣的酷熱。

爸爸跟我說過，這是引逗風來的方法。我試過很多次，可是很少成功。

爺爺的「囉囉」聲一出，一陣風立即聞聲而至，吹動水庫上的河燈快速靠岸。

孩子的媽媽連忙跑到河燈的旁邊，喊道：「孩子呀，天晚了，回家吧。」

然後我聽到遠處畫眉村傳來的聲音：「好，我回來啦。」那是孩子在家裡回答的聲音，在寂靜的夜裡顯得空曠而悠遠。

這樣一喊一答，我，爺爺，還有孩子的媽媽慢慢騰騰走回村裡。夜風中飄浮著一種刺鼻的魚腥味⋯⋯

將孩子的媽媽送回家後，我和爺爺走到昏暗的夾道裡。夾道盡頭有一盞發著微光的燈，那裡就是爺爺的家。

爺爺咳嗽了兩聲，這次咳嗽不是因為抽菸太多，我能聽出來那是有意地清清嗓子。

「那個⋯⋯」爺爺開口了，「那個，亮仔呀。」

「嗯？」我扭過頭來看他，因為太暗，我仍只能看到爺爺的一亮一暗的菸頭。爺爺吞吞吐吐，似乎有難言之隱。

「我，我以後不想捉鬼了。」爺爺的菸頭又一亮，然後迅速暗了下去。

「不捉鬼了？」我驚訝說道。我知道，爺爺的身體已經不行了，過多的抽菸已經讓爺爺的肺壞了一半。也許是爺爺的身體太累了，也許是爺爺的心裡太累了，或者兼而有之。可是，我還隱瞞著簸箕鬼的事情呢。如果爺爺退出不幹了，那麼簸箕鬼再現的時候怎麼辦？

還有那個水鬼山爹，我翻閱《百術驅》突然發現，他埋葬的地方剛好是復活土的所在地。

山爹的屍體極有可能演變成為「紅毛野人」。

「紅毛野人」是地方的稱謂，《百術驅》上稱之為「紅毛鬼」。它的形成原因是，屍體的器官在沒有物質性損壞的情況下，如果埋葬在復活地，就極有可能演變成為紅毛鬼。

什麼是復活地呢？這就比種田的土地有肥沃和貧瘠之分，貧瘠的土地上不生一毛，而肥沃的土地上插杆開花。這是就土地的養分來說的，養分供給植物需要的元素，從而促進植物的生長。如果按土地的精氣來分別的話，土地也可以分為精氣貧瘠和精氣肥沃兩類。因為大多數土地直接接受陽光的普照，所以精氣聚集不起來，它會像水分一樣蒸發。只有極少數土地，不但精氣不會蒸發，反而會不停地吸收其他精氣。

「這幾個故事都比較連貫。我只好大概地分段給你們講啦。下一段，明天繼續。」湖南同學道。

他的故事太誘人，我一個晚上都沒有睡好，腦袋裡滿是那些稀奇古怪的東西。

國家圖書館出版品預行編目資料

講鬼：午夜之鬼話連篇／童亮著.
－－第一版－－臺北市：宇河文化 出版；
紅螞蟻圖書發行，2014.8
面　公分－－（每個午夜都住著一個鬼故事；2）

ISBN 978-957-659-974-3（平裝）

857.7　　　　　　　　　　　　1030104627

講鬼：午夜之鬼話連篇

作　　　者／童　亮
發 行 人／賴秀珍
總 編 輯／何南輝
執行編輯／安　燁
美術構成／張一心
校　　　對／楊安妮、賴依蓮、童亮
出　　　版／宇河文化 出版有限公司
發　　　行／紅螞蟻圖書有限公司
地　　　址／台北市內湖區舊宗路二段121巷19號（紅螞蟻資訊大樓）
網　　　站／www.e-redant.com
郵撥帳號／1604621-1　紅螞蟻圖書有限公司
電　　　話／(02)2795-3656（代表號）
傳　　　真／(02)2795-4100
登 記 證／局版北市業字第1446號
法律顧問／許晏賓律師
印 刷 廠／卡樂彩色製版印刷有限公司
出版日期／2014年 8月　第一版第一刷

定價 169 元　　港幣 57 元

本著作物經廈門墨客知識產權代理有限公司代理，由北京讀品聯合文化
傳媒有限公司授權出版、發行中文繁體字版。

ISBN 978-957-659-974-3　　　　　　　　Printed in Taiwan